LE SECRET
DU DOCTEUR
GUBLER

MICHEL GONOD

LE SECRET DU DOCTEUR GUBLER

ÉDITIONS DU ROCHER
Jean-Paul Bertrand

ISBN 2 268 026434

« Une seule chose au monde me paraît plus grande que la justice : c'est sinon la vérité elle-même du moins l'effort vers la vérité. »

Albert Camus, *L'Homme révolté*

INTRODUCTION

En France, l'interdiction d'un livre est une décision de justice rarissime, un acte d'une extrême gravité s'identifiant souvent à la censure. Ces dernières décennies, seuls des écrits colportant une idéologie raciste, antisémite ou révisionniste, portant atteinte à l'ordre public ou constituant un plagiat ont été sanctionnés. *Le Grand Secret* (Plon) n'entrait dans aucune de ces catégories. Il révélait des faits incontestables et incontestés, éclairait des épisodes dramatiques et cachés du règne de François Mitterrand et faisait de celui-ci un portrait psychologique inattendu. Il n'a pas été interdit en raison de son contenu, mais au nom du statut professionnel de l'un de ses auteurs. Parce que Claude Gubler était médecin, les Français n'étaient pas autorisés à lire ses révélations dont l'intérêt était indéniable et les concernait tous. On leur refusait le droit à l'Histoire, le droit de savoir. Savoir comment et pourquoi le chef de l'État leur avait menti sur sa santé pendant quatorze ans ; savoir si ce mensonge avait eu des conséquences sur le fonctionnement de l'État ; savoir si un président gravement malade est apte à assumer ses fonctions ; savoir quelles sont les relations entre la médecine et la politique.

Il fallait que ce livre soit une horreur pour que les Français soient privés de réponses à ces interrogations ! La faute devait être grave si la sanction était aussi sévère ! C'est ce qu'ont voulu faire croire des tartuffes de plume, de robe ou du suffrage universel à ceux qui n'avaient pas eu la chance de le lire avant la chute du couperet. *Le Grand Secret* n'était pas un livre nauséabond et scandaleux mais un récit honnête, unique parce que sa source était irremplaçable. Aucun historien ne peut l'ignorer s'il veut retracer complètement et sérieusement la vie extraordinaire de François Mitterrand, et son époque.

Il a connu un destin unique dans les annales de l'édition française. Interdit trente-six heures après sa parution, le 17 janvier 1996, il a été vendu à 40 000 exemplaires, piraté par Internet en toute impunité (et cela continue), photocopié et réduit à un samizdat comme dans un pays totalitaire. Il a été cité et repris par pages entières dans les journaux du monde entier, vendu au marché noir de cinq à dix fois son prix. Il a même été contrefait à quatre mille exemplaires par des faussaires arrêtés en Gironde et, à ce titre, il est entré au Musée de la contrefaçon de Paris.

Il a fait l'objet de débats, de colloques et même de thèses universitaires comme celle soutenue par une étudiante de l'université de Paris I intitulée : « Le corps dans la culture politique. La problématique de la santé du président de la République en Finlande et en France. » Pourquoi l'exemple finlandais ? Parce que Urho Kekkonen, en exercice de 1956 à 1981, démissionna pour raisons de santé, ce que ne fit pas François Mitterrand. À la Sorbonne, en 1997, les professeurs de droit constitutionnel citent le Dr Gubler comme référence dans leur cours sur l'empêchement du chef de l'État, alors que la cour d'appel de Paris, dans ses attendus, interdisait au médecin de « se transformer en garant du bon fonctionnement des institutions ou en témoin de l'Histoire ». Ce que la justice refuse, l'enseignement supérieur le propose à de futurs juristes ou magistrats ! Dans les prétoires, Claude Gubler n'a le droit que de se taire « pour la grandeur de sa charge », alors que dans les amphithéâtres son témoignage et ses révélations servent à mieux faire comprendre aux futures élites les défauts de notre démocratie. Dès lors, ne devrait-on pas, pour plus de cohérence, expurger des livres scolaires les références à la maladie du président ou saisir ceux qui n'auraient pas obéi aux injonctions judiciaires ?

C'est à ces mensonges, ces contradictions, ces injustices, ces calomnies que le livre présent veut répondre car l'affaire du *Grand Secret* est exemplaire de l'état de nos mœurs politiques, judiciaires et médiatiques. D'un côté, il y avait deux hommes qui s'étaient associés pour écrire un document qu'ils estimaient indispensable ; deux auteurs, un médecin et un journaliste, libres et indépendants, n'ayant jamais été des courtisans et n'ayant pas davantage fait carrière dans l'anti-Mitterrand, au contraire. De l'autre, deux familles et un clan qui se croyaient encore tout permis parce qu'ils en avaient pris l'habitude depuis quatorze ans. Ici, recherche de la vérité, là, persévérance dans le mensonge. Pour ceux qui l'ont oublié ou qui ne l'ont pas su, il est bon de rappeler les pressions exercées sur les médias. André Rousselet, l'exécuteur testamentaire du président disparu, a tenté d'empêcher le Dr Gubler de venir parler de son livre le 17 janvier 1996 à TF1. Ce « grand homme de presse » a téléphoné à la direction de la chaîne pour la mettre en garde contre les risques qu'elle encourait si elle maintenait l'interview. TF1 n'a heureusement pas cédé à cette menace insensée dont elle a informé le président du Conseil supérieur de l'audiovisuel. La démarche est révélatrice de l'état d'esprit de la « garde prétorienne » qui protégeait François Mitterrand en s'arrogeant des droits inouïs.

Au lieu de provoquer un tollé, l'interdiction du *Grand Secret* n'a suscité dans la presse que des regrets formulés du bout des lèvres. Rares ont été les médias qui, tel *le Monde*, ont osé parler de censure. Les intellectuels, si prompts en des occasions mineures à pétitionner contre toutes mesures jugées liberticides, ont été timorés, hormis Jean-François Revel, Bernard-Henri Lévy, André Glucksmann et, dans son style apocalyptique, Jean-Edern Hallier qui ont exprimé leur indignation avec vigueur. Chez les éditeurs, le fait que leur syndicat national se soit associé à la défense des auteurs ne fit pas oublier les voix discordantes montées de leurs rangs. Certains d'entre eux (Fixot par exemple) ont même approuvé l'interdiction. Deux Salons du livre ont eu lieu depuis et personne ne profita de cette tribune internationale pour manifester ne serait-ce que du regret. Il existe en France une douzaine d'émissions télévisées consacrées totalement ou en partie aux livres et pas une seule n'a traité le sujet. Aucun des magazines d'informations de la télévision n'a consacré une minute aux faits révélés, ni ouvert un débat sur leurs conséquences. Les uns ou les autres peuvent critiquer un livre, ne pas l'aimer, mais quand on est journaliste, éditeur ou écrivain, on ne peut pas, on ne doit pas se satisfaire de sa disparition.

En définitive, et cela paraîtra dérisoire autant que ridicule, une grande partie de ceux que l'on appelle les faiseurs d'opinion ont été vexés. Le Dr Gubler leur avait donné à choisir entre deux inconvénients : soit ils étaient au courant de la maladie du président et de son antériorité et ils l'avaient cachée à l'opinion ; soit ils ne savaient rien et ils n'étaient pas fiers d'avoir fait croire à leurs lecteurs, auditeurs ou téléspectateurs qu'ils étaient les mieux informés dans ce domaine comme dans tant d'autres. Il y eut d'innombrables commentaires mais pas un seul ne comportait l'aveu d'ignorance. Le réflexe dominant était le doute, antichambre du procès d'intention qui précède la condamnation à l'oubli. Si par-dessus le marché, la prudence conseille de ne pas indisposer le pouvoir, politique et judiciaire, l'affaire est entendue. Combien de fois n'ai-je entendu au cours de nos démêlés avec les tribunaux ces questions révélatrices de la frilosité ambiante : qu'en pense le garde des Sceaux ? Qu'en dit-on à l'Élysée ?

Claude Gubler a été lynché avec des mots qui n'avaient pas été employés pour parler de l'affaire du sang contaminé, de la Bosnie ou du Rwanda. De petits imprécateurs l'ont pris pour cible sans l'avoir ni vu, ni entendu, ni même lu parfois. Deux exemples : le plus grotesque et le plus désolant compte tenu du rang de l'auteur. *L'Humanité* sous la plume de Claude Cabanes a écrit : « Le Dr Gubler a franchi la frontière invisible où commence ce que peut désigner le mot barbarie. » En somme l'éditorialiste communiste, dans sa hiérarchie personnelle de l'horreur, plaçait le médecin avant Pol Pot ou Staline ! Dans *le Figaro*, Franz-Olivier Giesbert a averti ses lecteurs que si le livre devait reparaître, cela signifierait que notre société se serait « couchée devant la tyrannie de la transparence ». Quel extraordinaire raisonnement venant d'un homme dont le métier est de déjouer l'opacité dont s'entourent les acteurs de la vie de la nation ! Quant à l'écrivain qu'est aussi le directeur de la rédaction du *Figaro*, il est mal placé pour donner des leçons de convenance ou de décence qui nous aurait, paraît-il, fait défaut. Au moment où *Le Grand Secret* paraissait et simultanément était interdit, à sa satisfaction, il achevait un livre (*Le Vieil Homme et la Mort*, Gallimard) dans lequel il relatait ses conversations avec le président. Un jour à Latche, Mitterrand est particulièrement bavard et Giesbert confesse (page 144) : « Je m'éclipsai aux toilettes pour noter quelques repères en cachette. » Où le journalisme d'investigation ne va-t-il pas se nicher ! Voilà les chefs d'État prévenus : s'ils reçoivent mon éminent confrère et s'ils souhaitent que leurs propos soient fidèlement restitués, ils doivent placer ce qu'il faut pour écrire dans leurs toilettes !

Dans ce même éditorial, Franz-Olivier Giesbert faisait tout de même une concession à la liberté. Si *Le Grand Secret* avait été signé seulement par le coauteur, « il n'y aurait pas grand-chose à redire. Son interdiction eût même été scandaleuse ». L'argument nous avait été déjà servi par Danièle Mitterrand et son avocat Georges Kiejman. La veuve de l'ancien président l'a même réitéré le 15 mars 1997 dans une interview télévisée (Teva) : « Si Gubler ne l'avait pas signé, je n'aurais rien dit. » Pourtant, il est évident que, dans cette hypothèse, le livre aurait apporté les mêmes révélations, décrit les mêmes situations, rapporté les mêmes dialogues et logiquement provoqué le même « trouble » invoqué par les plaignants. Donc, ce n'est pas le contenu qui serait en cause mais la personnalité de l'un des auteurs. On est alors dans une affaire personnelle entre la famille et le médecin dont le statut professionnel sert de prétexte à le poursuivre et à le punir, et tout le reste n'est plus que parodie, mascarade. D'ailleurs, Danièle Mitterrand a plus d'une fois affirmé publiquement qu'elle n'avait jamais exigé l'interdiction du *Grand Secret*. Sans l'indulgence de magistrats prompts à complaire à la veuve, bien que celle-ci les ait mis dans l'embarras avec ses palinodies, Claude Gubler n'aurait sans doute eu à rendre des comptes qu'au conseil de l'ordre des médecins pris d'une fièvre justicière inhabituelle.

L'un des représentants de cette juridiction professionnelle créée sous le régime de Vichy a été le seul témoin de l'accusation au procès pénal. Le Dr Charles Herni, président de la Commission éthique et déontologie est venu expliquer pourquoi le conseil de l'ordre avait fermé les yeux sur la parution de 1981 à 1995 des bulletins de santé biannuels qui constituaient pourtant une violation du secret médical. C'était, a-t-il dit, « afin d'éviter un dérapage plus important ». Sa déposition n'a convaincu personne. Il avait, c'est le cas de le dire, laissé la vérité aux vestiaires. Dans la salle d'attente où les témoins sont isolés avant d'être appelés à la barre, l'un de ceux-ci avait demandé au Dr Charles Henri la vraie raison. « Parce que, avait-il répondu avec une franchise désarmante, dans les 110 propositions du candidat Mitterrand, en 1981, figurait la suppression du conseil de l'ordre. Nous avions intérêt à adopter un profil bas... » Tout était dit.

S'interroger sur ce qu'il faut faire pour éviter que la médecine ne devienne prisonnière de la politique est un thème que Claude Gubler avait abordé et qui aurait dû trouver sa place dans la polémique désordonnée qui s'ensuivit. D'autant que l'actualité internationale apportait opportunément de nouvelles preuves de l'acuité du problème. La santé du pape alarmait le monde chrétien. Ses médecins publiaient des communiqués qui ne paraissaient pas en concordance avec les pénibles images que la télévision donnait de Jean-Paul II. Il était clair que personne n'y croyait. À Moscou, le médecin de Boris Eltsine révélait que son patient avait fait un infarctus entre les deux tours de l'élection présidentielle de juillet 1996. Il avouait que le président russe lui avait imposé le silence pour des raisons politiques. C'était exactement le scénario Mitterrand-Gubler. Qui allait être critiqué ? Le cardiologue qui dégageait sa responsabilité ou le chef de l'État qui avait trompé les électeurs ? Les journaux français qui ont relaté les faits et les membres de la classe politique qui les ont commentés n'ont pas été offusqués par l'aveu du Gubler russe. Au contraire, ils ont accueilli avec intérêt et sympathie ses révélations. En fait, quand le secret médical est violé en Russie, on remercie son auteur pour avoir contribué à une meilleure connaissance de l'Histoire ; en revanche, si cela se passe en France, le médecin est traduit en justice et ses écrits sont envoyés au pilori. L'incohérence d'un tel raisonnement n'a fait sourciller personne et surtout pas nos hommes politiques qui fraternisent dans l'hypocrisie malgré leurs divergences d'opinion quand la vérité risque d'altérer l'image idéale qu'ils entendent donner d'eux.

Telle a été l'histoire d'un livre qu'on a sournoisement, méthodiquement assassiné. Elle est exemplaire et ne devrait laisser personne indifférent. Un livre interdit, détruit ou brûlé est toujours une régression culturelle et morale, une marque de faiblesse de la part de ceux qui en ont pris la décision. Dans le cas présent, ce fut un acte révoltant sur lequel il serait inconcevable de ne pas faire la lumière et de ne pas établir les responsabilités. Le livre que le lecteur vient d'ouvrir a précisément l'ambition de le sortir de l'obscurantisme dans lequel les censeurs avaient voulu le plonger. Apportant des faits et des témoignages nouveaux, il retrace des événements appartenant à notre histoire contemporaine. Il raconte l'étonnante aventure humaine vécue par Claude Gubler, pénalisé jusqu'à la démesure, auquel l'auteur veut rendre son honneur de médecin et de citoyen.

1

Quand Claude Gubler déboule à l'Élysée en 1981, personne ou presque ne lui prête attention. On a conseillé au nouveau président de la République de désigner un médecin personnel qui organisera avec les services de l'hôpital militaire du Val-de-Grâce sa couverture médicale. Tout simplement il a donné le nom de son médecin de famille. Il ne souhaite pas qu'on l'importune avec cette question qu'il juge secondaire. Il a donné carte blanche à son cabinet qui lui avait fait valoir l'intérêt de mettre sur pied une organisation médicale digne de ce nom. En 1981, en effet, le dispositif existant est d'une modestie qui frise le dérisoire. Le service médical de la présidence est assuré par de jeunes internes des hôpitaux qui accomplissent à l'Élysée leur service militaire et ne restent donc jamais plus d'un an. Il y a en outre une infirmière qui soigne les petits maux du personnel, fait les vaccins en vue des voyages lointains et qui était déjà là du temps du général de Gaulle. Dans le premier tome de ses mémoires (*Le Pouvoir et la Vie*, Éditions Compagnie 12, 1988), Valéry Giscard d'Estaing relate sa stupéfaction en découvrant une telle organisation qu'il ne modernisera pourtant pas. Le chancelier Helmut Schmidt auquel il avait expliqué la situation s'était moqué de la faiblesse de nos moyens : « Ce n'est pas sérieux. Regardez ce dont disposent les Américains et les Soviétiques ! S'il vous arrive quelque chose, vous avez besoin de gens expérimentés. »

François Mitterrand ne se sent pas personnellement concerné, car lorsqu'il entre à l'Élysée, il est en bonne santé, il ne suit aucun traitement, il assume ses soixante-cinq ans qui ne l'empêchent pas de jouer au tennis et au golf. Que Gubler se débrouille ! Ce que fait ce dernier avec méticulosité et discrétion, organisant avec les médecins-généraux du Val-de-Grâce et la Sécurité un plan baptisé Vega qui entrera en application en février 1982 et régira pendant les deux septennats de François Mitterrand le dispositif visant à assurer la sécurité et la sauvegarde du président en cas d'incident ou d'accident.

Dans les premiers mois, la vie de Claude Gubler n'est pas profondément modifiée par son titre de médecin personnel du chef de l'État, titre officieux d'ailleurs puisqu'il ne figure pas dans l'organigramme élyséen et n'est pas rémunéré même indirectement comme cela se fait souvent pour les fonctionnaires détachés auprès du pouvoir exécutif. Il peut encore poursuivre son activité professionnelle privée, cabinet, clinique, hôpital, la routine d'un généraliste de quartier. Il passe de temps à autre au palais de l'Élysée où les collaborateurs du président s'habituent peu à peu à ce grand escogriffe au physique tourmenté, dont les joues sont envahies par des favoris et qui passe en un éclair du propos grave à une plaisanterie de carabin à moins qu'il ne déclame tout à trac quelques vers de Lamartine. Personnage inclassable, insaisissable, misanthrope capable de dévouement touchant, solitaire la tête dans les nuages, candide jeté aux crocodiles de la politique.

Il intrigue la cour élyséenne qui ne connaît pas ce spécimen et qui se demande d'où sort ce personnage de Dickens qui virevolte comme Jacques Tati et qui, comble de l'incompréhensible, possède la confiance du président. Bien qu'aucun nuage n'obscurcisse l'horizon médical, tout de même on s'interroge. Claude Gubler est jugé sur les apparences et elles ne lui sont pas favorables. Ce sera encore le cas en 1996 lors de ses procès. Le mot cruel d'André Rousselet s'impose à de nombreux esprits : « Qui aurait l'idée de se faire soigner par un type qui a une tête de cocher de fiacre londonien du XIXe siècle ? » Qu'importe, François Mitterrand apprécie cet homme simple et passionné qui l'amuse au lieu de pontifier.

Claude Gubler est entré dans l'univers mitterrandien de la plus simple des façons. En 1969, les Mitterrand avaient perdu leur médecin de famille, Jean Dayan, frère de Georges, ami de toujours de l'ex-président. Gubler avait fait ses études avec Georges Vinson, militant socialiste, futur député-maire de Tarare, qui le recommanda à François Mitterrand. Le parcours de Gubler, né en 1934 à Paris, d'un père suisse-allemand, protestant et d'une mère française, catholique, n'est pas ordinaire. Externe des hôpitaux de Paris, il a échoué à l'internat. Comme la médecine libérale ne le tente pas, il prolonge ses études en passant plusieurs certificats en cardiologie et cancérologie pour finalement devenir médecin réanimateur. Il s'est marié jeune et pour vivre il donne des cours de sciences naturelles dans un collège privé de Garches. Deux filles vont bientôt naître. Puis il y a le service militaire en Algérie, le divorce, le remariage et trois enfants de plus. Dans l'intervalle il a ouvert un cabinet rue Saint-Placide à deux pas de la rue Guynemer où habitent les Mitterrand. Il exerce aussi à l'hôpital Péan et à la clinique des Sœurs-Augustines avant de s'occuper des Petites Sœurs des pauvres, de Notre-Dame-de-Sion, du carmel de la rue du Cherche-Midi, des sœurs auxiliatrices et d'autres congrégations. Cette singulière orientation professionnelle ne doit rien à la religion et tout au hasard. L'hôpital Péan se trouve rue de la Santé, à proximité de la clinique des Sœurs-Augustines qui l'envoient auprès d'autres religieuses, etc. Claude Gubler, catholique non pratiquant, se souvient de l'étonnement teinté de frayeur de toutes ces nonnes lorsqu'elles apprirent qu'il avait aussi pour patient le leader des socialistes, le diable en quelque sorte. Sur le plan politique, le médecin n'était pas plus engagé qu'en religion. Il n'a jamais été membre du parti socialiste, ni d'aucun autre parti d'ailleurs, ni avant ni après avoir rencontré François Mitterrand. De sensibilité de gauche, selon l'expression consacrée, il est conseiller municipal de Cuges-les-Pins (Bouches-du-Rhône) dont le maire est communiste et où il possède une propriété.

Claude Gubler soigne d'abord Mme Renée Gouze, la mère de Danièle, puis cette dernière, ses enfants et enfin François Mitterrand. Il se souvient des premiers mots que lui adressa le futur président : « Je ne sais pas pourquoi vous venez, lui avait-il dit. Je vais très bien. – C'est vous qui me l'avez demandé, avait répondu Gubler. – Ah, oui, c'est vrai... » L'apprentissage du langage mitterrandien commençait... À cette époque, Gubler ne portait pas encore ses célèbres favoris qui lui vaudront le surnom de « Dr Rouflaquettes » décerné par les journalistes accrédités à l'Élysée. C'est en faisant du bateau, quelques années plus tard, qu'il adopta ce look de clergyman, une apparence trompeuse car l'homme est chaleureux et pince-sans-rire. Cet anticonformiste n'appellera jamais François Mitterrand autrement que « monsieur » même après le 10 mai 1981.

Si l'on en croit Paul Barril le gendarme-écrivain (*Guerres secrètes à l'Élysée*, Albin Michel, 1996), l'énigmatique François de Grossouvre avait été intrigué par ce médecin pas comme les autres qu'il appelait en code le « grizzli » ou le « faussaire ». Le conseiller du président pour les affaires de police et les services spéciaux, autant dire le conseiller de l'inavouable, ordonnait des enquêtes sur les personnes qui lui paraissaient suspectes. Ainsi, Grossouvre, qui était lui-même médecin, semblait faire une fixation sur le Dr Gubler et sa passion pour la photographie. En effet, pendant les voyages officiels, un appareil autour du cou, le médecin mitraillait tous azimuts. Il avait réalisé des milliers de clichés-souvenirs qu'il classait dans des albums conçus à cet effet. Claude Gubler ne faisait aucun mystère sur cette passion innocente. Ce n'est pas l'avis de Paul Barril qui écrit : « J'en comprendrai le but plus tard. Trop tard. » Que veut-il faire accroire ? Que Gubler opérait pour une puissance étrangère, qu'il était une taupe infiltrée à l'Élysée, qu'il travaillait pour le KGB ou la CIA et pourquoi pas pour les deux ? L'insinuation calomnieuse – le caractère dominant du livre de Barril – a provoqué un immense éclat de rire chez le médecin suspecté. En fait, Gubler n'était coupable que d'une chose : il était un familier de Danièle Mitterrand et Grossouvre détestait la femme du président.

À l'été 1981, le premier bulletin de santé dont le rythme sera semestriel est publié par l'Élysée. Le chef de l'État respecte sa promesse. Il s'était engagé pendant la campagne électorale à tenir l'opinion publique régulièrement au courant de son état de santé. La France ne devait pas connaître à nouveau la fin dramatique de son président comme ce fut le cas avec Georges Pompidou sept ans auparavant. L'agonie de l'homme l'avait bouleversé et le mensonge dont le président défunt s'était entouré l'avait indigné. Plus jamais ça, avait-il décidé, acceptant la transparence médicale que personne n'exigeait de lui ! Son prédécesseur, Valéry Giscard d'Estaing, avait fait la même promesse mais il ne l'avait pas tenue. Heureusement pour lui, Giscard n'eut pas à rendre des comptes puisqu'il traversa son septennat sans ennuis de santé. Sauf une fois. Sans doute parce qu'il n'aurait pas été élu sans la maladie et la mort de Georges Pompidou, Valéry Giscard d'Estaing consacre le premier chapitre de ses souvenirs à « la santé des dirigeants ». Il y révèle qu'à partir de fin 1975 il ressent « les effets d'une étrange faiblesse ». En février 1976, il quitte brusquement le Conseil des ministres en prétextant un coup de téléphone à donner. Il se sent si faible qu'il doit s'allonger pendant dix minutes. Après un autre malaise dans l'église de

Bormes-les-Mimosas, il décide de consulter. « Ce n'est pas simple, écrit l'ancien président, car il fallait éviter d'alerter les médias. » Spontanément, c'est le même réflexe : la dissimulation. Que fait-il ? Il va secrètement au Val-de-Grâce pour y subir des examens. Exactement ce que fera François Mitterrand en novembre 1981 lorsque des douleurs persistantes dans la jambe commencèrent à l'inquiéter. Mais le parallèle des situations s'arrête là. Giscard s'en tira bien doublement. D'abord et surtout, l'ex-président n'avait rien de grave. Une infection ancienne attrapée dans les marigots africains était la cause de ses faiblesses chroniques qui disparurent quelques mois plus tard. Ensuite, l'opinion ne sut rien de ses malaises à répétition.

Ce dernier fait ne doit pas tout au hasard. Si la presse ne relate rien de cette alerte, c'est aussi parce qu'elle n'était pas à l'affût de tout ce qui pouvait écorner l'image présidentielle. Durant toute sa carrière, François Mitterrand a fait l'objet d'un tout autre traitement de la part des médias. À partir des années 1970, la rumeur s'accroche à lui et ne le lâchera plus. Dès qu'il s'approche du pouvoir, et se place dans la position d'y accéder, de fâcheux bruits circulent dans les cercles politiques parisiens et, bien évidemment, dans les salles de rédaction. En 1974, Claude Gubler entendit, au cours d'un dîner où personne ne savait qu'il était déjà le médecin du futur président, l'un des convives affirmer : « Mitterrand est très malade, il est condamné. Je le tiens de mon anesthésiste qui connaît son médecin personnel ! » À partir de 1977, alors que la gauche est donnée gagnante aux prochaines élections législatives, les rumeurs repartent. Des journaux comme *Minute* s'en donnent à cœur joie. La presse américaine et anglaise prend le relais. François Mitterrand ironise : « Laissons les médecins de Molière se livrer à leur diagnostic. Ces maladies sont d'autant plus mystérieuses que je n'en étais pas moi-même informé. Je peux éternuer quand passe un courant d'air sans qu'il faille qu'il soit mortel. J'ai l'impression de la façon dont on m'ausculte que cela dénote une certaine nostalgie. »

L'entourage du premier secrétaire du parti socialiste prend les choses plus au sérieux. Certains de ses fidèles avancent qu'il devrait faire établir son bilan de santé et le rendre public. D'autres rétorquent que cela ne changerait rien car on ne croirait pas à la valeur du document. Le corps médical n'est guère crédible, argumentent ces derniers pour qui le problème n'est que politique. Mitterrand le sait bien qui déclarera plus tard : « La droite ne pardonne rien aux bourgeois qui quittent leur camp. » Faire croire aux électeurs que le leader socialiste est un homme diminué redonne de l'espoir à ses adversaires inquiets.

Deux mois après son élection, François

Mitterrand reçoit les leaders politiques en vue d'une initiative diplomatique qu'il doit prendre, et notamment Jean Lecanuet avec lequel il a une conversation prémonitoire. Le tout nouveau président, qui à cette époque n'a aucun souci de santé, évoque devant le dirigeant centriste pour qui il a de l'estime cette durée que l'opposition lui conteste déjà.

« J'ai le pouvoir, j'ai les institutions, je suis ici pour sept ans, martèle le chef de l'État.

– C'est la durée normale du mandat, répond Jean Lecanuet.

– Normale, oui. Mais qu'est-ce qui peut mettre fin à un septennat ? Un cataclysme mondial, un accident de santé. Bien sûr, je sais, on glose sur ma santé !

– Je ne suis pas au courant, dit son interlocuteur qui ne voit pas où le président veut en venir.

– Comment, vous ne le savez pas ? On raconte que j'ai un cancer. Des journaux l'ont écrit. »

On le voit, François Mitterrand n'était pas indifférent aux rumeurs le concernant, et les commentaires désinvoltes qu'il faisait ne reflétaient pas son état d'esprit. Il était sur ses gardes et le restera jusqu'au bout.

Si aucun reporter n'avait suivi Giscard au Val-de-Grâce en 1978, en revanche, cinq ans plus tard, Mitterrand se fait piéger. *Paris Match* publie un reportage montrant le chef de l'État lorsqu'il entre à l'hôpital et expliquant en détail la nature des examens pratiqués. Des précautions avaient été pourtant prises : admission un samedi sans respecter les procédures habituelles, inscription sous un nom d'emprunt, en l'occurrence Albert Blot, celui du beau-frère du directeur de l'hôpital, réduction du nombre de personnes impliquées dans ce type d'examens, entrée et sortie dans la voiture personnelle de Gubler, une vieille DS. Sur le plan de la protection du secret, c'est un fiasco qui relance les interrogations sur la santé de celui qui maintenant dirige le pays. *Paris Match* a parlé de scintigraphie, ce qui oriente les soupçons. Le doute s'installe jusque dans le camp socialiste. Pourtant personne ne sait encore la triste vérité, pas même le président. Cette péripétie permettra aux observateurs de mauvaise foi d'affirmer avec aplomb, en 1996, que *Le Grand Secret* ne révélait rien puisque tout était connu depuis quinze ans.

C'est à Cancún, à la conférence Nord-Sud, les 22 et 23 octobre 1981, que tout a commencé. François Mitterrand boite et souffre de la cuisse au point que le médecin militaire qui l'accompagne, le colonel Dorne, rédige au retour un rapport alarmant. Ensuite le drame se noue en une quinzaine de jours à l'issue desquels la vie du président va basculer. Le film se déroule en brèves séquences. Fin octobre, Gubler et l'équipe du Val-de-Grâce se réunissent à l'Élysée et examinent le président. Pour la première fois, l'hypothèse d'une affection de la prostate est avancée. Samedi 7 novembre, le président subit une série d'examens au Val-de-Grâce. Lundi 9 novembre, les résultats sont connus. Vendredi 13 novembre, ils sont communiqués au patient. Lundi 16 novembre, le professeur Adolphe Steg lui révèle la terrible vérité.

Récit : Comme l'aurait été n'importe qui à sa place, Mitterrand est incrédule. Il n'a pas de connaissances médicales particulières, de plus il est sceptique à l'égard de tout ce qui touche à la médecine. C'était son côté paysan faisant confiance à la nature, fuyant les médications et traitements. Il ne comprend pas le rapport entre sa douleur à la jambe et la prostate. Il s'est soumis en renâclant aux examens dont il réclame rapidement les résultats. Gubler les reçoit le lundi 9 novembre mais il recule devant la difficulté : il a tout simplement peur de dire au président que le bilan est dramatiquement négatif. Le test spécifique du cancer de la prostate révèle des taux inouïs. La scintigraphie confirme le diagnostic supposé : cancer métastasé dans les os. Le jeudi 13 novembre à 9 heures, le chef de l'État reçoit Gubler dans son bureau. Le médecin ne peut pas reculer davantage sous le prétexte que le patient auquel il doit annoncer la triste nouvelle est le président de la République. Entre la vérité assenée brutalement et une explication précautionneuse, Gubler choisit la deuxième méthode. Il lui fait comprendre, à la lecture des conclusions des examens qui sont très mauvais, qu'il a un cancer, mais le mot n'est pas prononcé, ni celui de dissémination ou métastase. Le malade est-il dupe ? Sur l'instant, Gubler ne cherche pas à savoir, trop heureux que l'entretien se soit déroulé mieux qu'il ne le craignait. Le président n'a pas posé de questions trop précises amenant des réponses sans ambiguïté. Il refuse une hospitalisation que suggèrent les médecins militaires.

Ceux-ci ont rapidement conscience que le président ne les prend pas au sérieux ou, tout au moins, qu'il ne mesure pas la gravité de leur diagnostic. En outre, ils soupçonnent Gubler de ne pas oser dire toute la vérité au malade. Or, il faut agir vite. Les généraux Laverdant, chef de service à la clinique médicale du Val-de-Grâce, Jean-Pierre Dali, son assistant, et Thomas, directeur de l'hôpital décident de rédiger un compte rendu de leurs observations afin de dégager leurs responsabilités dans l'hypothèse où le président renoncerait à se faire soigner par eux ou par quelqu'un d'autre. L'initiative tout à fait inhabituelle démontre que la situation comporte une dimension politique à laquelle les signataires ne veulent pas être confrontés. Le document est paraphé page par page comme un acte notarié par les trois généraux et Gubler. Son dernier paragraphe stipulait que le président devait appeler un nouveau spécialiste. En résumé, les militaires ne veulent pas encourir le reproche d'une erreur de diagnostic et d'avoir mal soigné le chef de l'État qui est aussi le chef des Armées. Si Mitterrand renonce à livrer ce combat, ce ne sera pas de leur faute.

Gubler qui n'est pas à l'origine de cette démarche insolite mais qui en accepte l'esprit propose donc au président plusieurs noms de grands patrons en urologie. Ce dernier arrête son choix sur le professeur Steg. Il le connaît pour l'avoir rencontré à un congrès de la communauté juive. Adolphe Steg est l'un des quatre ou cinq meilleurs urologues de la planète. En France, ses confrères l'appellent « Monsieur prostate ». Sur la liste de ses patients figurent de nombreux chefs d'État, rois et princes en politique ou en affaires. Il est aussi réputé pour une discrétion dont il ne se départit jamais. Gubler va le voir à l'hôpital Cochin avec le dossier médical du président et ils conviennent d'un rendez-vous à l'Élysée fixé au lundi 16 novembre. Pour la petite histoire, c'est ce jour-là que Pierre Bérégovoy, alors secrétaire général de l'Élysée, téléphone à *Paris Match*, qui « boucle » comme chaque lundi, pour avoir confirmation de la publication d'un reportage sur la santé du président. À deux reprises la direction de l'hebdomadaire lui affirmera qu'il n'en est rien. Le scoop que représente la visite secrète de Mitterrand au Val-de-Grâce a été dissimulé jusqu'à l'ultime phase de fabrication par crainte des pressions élyséennes. C'était évidemment à la demande du président que Pierre Bérégovoy avait appelé le journal.

On arrive à la fameuse scène du 16 novembre que presque tous les grands quotidiens et hebdomadaires français ainsi que de nombreux journaux étrangers ont rapportée. C'est un grand moment d'émotion. Le médecin arrive à l'Élysée à 20 heures avec le Pr Steg. Ils sont reçus par le président de la République dans ses appartements privés. L'urologue examine François Mitterrand puis, tandis que le patient se rhabille, il souffle à l'oreille de Gubler : « Il n'y a aucun doute, les métastases osseuses sont d'origine prostatique. » Adolphe Steg ajoute, comme s'il avait deviné la question que Gubler n'osait pas encore poser : « La moyenne de survie est de trois ans, sauf cas rarissimes. » Les deux hommes rejoignent le président qui s'est assis sur une chaise près de la porte qui mène à sa chambre.

Gubler a la gorge nouée pour dire à François Mitterrand : « Nous avons examiné ensemble votre dossier et M. Steg va vous donner ses conclusions. » Steg s'avance et dit : « Voilà, mon devoir est de ne pas vous cacher la vérité ; vous avez un cancer de la prostate qui est diffusé dans vos os, et cette diffusion est importante. » Le président murmure : « Je suis foutu. » Steg lui répond : « On ne peut pas dire ça, voyons, on ne peut jamais dire qu'on est foutu. Avec M. Gubler nous allons faire ce qu'il faut... » Le président

l'interrompt : « Arrêtez vos salades, je suis foutu.
– Il est vrai que c'est sérieux, reprend Steg, mais nous allons commencer un traitement. Il faut nous laisser faire. Il est important que vous soyez d'accord avec ce que nous allons faire sinon...
– Sinon je suis foutu, vous ne me donnez pas le choix. »

La scène qui restera gravée pour toujours dans la mémoire des deux médecins est extrêmement pénible. Ils sont debout devant le président assis et silencieux. Les secondes défilent. Gubler se souvient d'avoir été envahi par un flux d'images : le président est mort, les funérailles nationales, des élections. Le film se déroule dans le silence qui n'en finit pas. Enfin, François Mitterrand se lève et retourne dans le salon. Steg explique la nature du traitement qu'il propose et qui doit commencer dès le lendemain. Sans rien dire, le président les raccompagne jusqu'à l'escalier, remercie Steg et dit à Gubler : « À demain. »

Comme deux fantômes, ils descendent jusqu'à la cour est où Gubler a laissé sa voiture. Pendant quelques minutes ils tournent en rond sur les pavés, dans l'obscurité, en essayant de faire le point. « C'est très mal parti, commente Steg, surtout quand un cancer de la prostate commence par être métastasé alors que localement il n'y a rien... Il faut qu'on arrive à enrayer tout ce qui se passe ailleurs, sinon il est perdu. » Gubler pose la question qui l'obsède : « Combien de temps ? – Si on ne parvient pas à enrayer, c'est quelques mois. De toute façon, redit Steg, la moyenne de survie est de trois ans. »

Gubler reconduit Steg chez lui. En route, ils parlent peu et seulement de technique médicale puisque dès le lendemain doit commencer le traitement à base de perfusions. En s'éloignant de l'Élysée, ils pensent à cet homme qu'ils ont laissé seul avec la sinistre nouvelle. Qu'a-t-il fait après leur départ ? Quelles pensées l'envahissent ? Est-il calme ou submergé par l'émotion. Est-il en train de téléphoner à un familier pour parler, pour oublier cette glace qui lui étreint la poitrine ? S'est-il réfugié dans son bureau pour réfléchir en laissant son regard s'attarder sur les photos de ses parents qui ornent la cheminée ou sur ces objets rapportés d'un peu partout et qui lui rappellent de bons souvenirs ou des visages aimés. Est-il tout simplement allé dîner comme si rien de grave ne s'était produit ? Une heure de vérité venait de sonner et la vie continuait. Quelle vie ?

2

« Je sais que je vais mourir mais je n'y crois pas. » François Mitterrand avait fait sienne cette formule de Jacques Madaule, auteur des *Considérations de la mort*, qu'il livrait souvent sur le mode ironique. Y croyait-il maintenant ? Le ciel lui est tombé sur la tête. Six mois après son élection, il s'attendait à vivre des moments difficiles sur le plan politique, social ou diplomatique, les hypothèses ne font pas défaut, mais il ne pouvait prévoir que la plus dure épreuve le frapperait au plus intime de lui-même et qu'il aurait à la surmonter seul ou presque.

Jamais François Mitterrand n'a hésité sur l'attitude à prendre face à ce coup du sort. Spontanément, naturellement, il choisit de se taire. Il est révolté contre ce qu'il ressent comme une injustice qui bouleverse son destin. Ce diagnostic murmuré ce soir d'automne, dans la pénombre de sa chambre, par deux hommes graves et sinistres ne peut pas balayer trois décennies de lutte. Ces mots savants, sournois et terrifiants ne sont que des mots. La réalité est qu'il est un président tout neuf débordant d'enthousiasme et de projets. Alors que l'on détient le feu nucléaire, n'est-il pas dérisoire de s'entendre dire qu'un organe de la taille d'une noix vous condamne à mort ! La résignation est exclue. Après tout, ces médecins se trompent peut-être. Il n'a jamais eu d'estime pour ces pseudo-savants, ces Diafoirus dont les connaissances sont régulièrement remises en cause. C'est ce qu'il pense, lui, que la nature a doté d'une solide santé. Ses relations avec Claude Gubler sont d'une autre nature. Ce généraliste lui avait plu parce qu'il est différent, sérieux, appliqué dans son rôle, mais dilettante, désintéressé, portant un regard ironique sur l'agitation de ses semblables qu'il fuit ou ne fréquente qu'avec retenue. Il est le complice idéal pour ce qui va suivre.

Si François Mitterrand annonce au pays qu'il est gravement malade, tout de suite ou dans un mois, à l'occasion de la publication du bulletin de santé bisannuel, il est fini. Passé l'émotion première, il ne sera bientôt plus rien. Ce sera la curée. Impensable, inacceptable ! Il ne faut rien dire, se battre secrètement, attendre le contre-diagnostic, espérer le miracle, jouer la montre contre la mort, improviser. Claude Gubler ne se pose pas encore ce genre de questions. Il n'a pas d'états d'âme. Il est affolé lui aussi par ce qui arrive, mais l'urgence refoule les interrogations subalternes. Ce n'est pas la première fois qu'il soigne un cancéreux mais le contexte n'a jamais été aussi délicat. Ses détracteurs l'ont soupçonné de s'imposer de se pousser du col alors que son rôle a été surtout ingrat. Il fut une pièce essentielle dans le jeu du président. Il est indéniable que sans Gubler, François Mitterrand ne serait pas resté quatorze ans à l'Élysée et que le cours de l'Histoire aurait été tout autre.

Dès les premiers jours, le docteur mesure l'ampleur de la tragédie. Quand il demande : « Que dois-je dire à Danièle ? – Rien, lui répond le président. – Qui dois-je avertir ? Qui peut m'aider dans votre entourage ? – Personne. » En si peu de mots tout est dit. Mitterrand verrouille. Au début du traitement que le Pr Steg a prescrit, Gubler vient rue de Bièvre tous les matins à 7 h 30 pour faire une perfusion au malade. La crainte du médecin est de croiser Danièle qui ne manquerait pas de le questionner. Lorsque cela arrive, il lui dit qu'il soigne un rhumatisme récalcitrant. C'est le premier d'une longue série de mensonges.

L'échéance du deuxième bulletin de santé survient alors que ses médecins ne savent pas encore comment leur malade réagit au traitement. À la mi-décembre, Gubler évoque le problème avec Mitterrand. Le docteur n'a pas le cœur à dire que si la transparence promise devait être respectée, le moment est venu de le faire. Il avance une hypothèse médiane : donner une piste en annonçant des examens et renvoyer la conclusion à une date ultérieure. Le président ne laisse pas Gubler longtemps à ses réflexions : « De toute façon, lui dit-il, on ne peut rien révéler. C'est un secret d'État. » Il ajoute pour être sûr d'être bien compris : « Vous êtes lié par ce secret. »

Il a été reproché à Claude Gubler d'avoir cédé à ce chantage, de ne pas avoir fait preuve de caractère et de dire au chef de l'État qu'il ne signerait pas le bulletin de santé que l'on peut qualifier, selon son degré d'indulgence, d'incomplet ou de mensonger. L'accusation est facile. Elle suppose un calcul de la part du médecin qui ne mesure pas l'engrenage dans lequel il va être entraîné. Que dirait-on de lui s'il avait abandonné son malade au prétexte que celui-ci violait sa promesse de transparence ? Pas un instant il n'a songé à se dérober. L'idée ne l'a même pas effleuré. Il consacre toute son énergie à soigner un homme qui est son ami et le chef de l'État. Ce serait une lâcheté que de le laisser tomber au moment où il a le plus besoin de lui. Au contraire, il faut le sortir de là, se battre à ses côtés. Adolphe Steg leur a expliqué à tous les deux que les premières semaines du traitement étaient décisives. Le but est de contenir la dissémination, de détruire ses premiers effets. Comment l'organisme va-t-il réagir ? Selon la réponse, le pronostic sera le suivant : si la réaction est bonne, les chances de survie sont de trois à cinq ans, si elle est mauvaise, de trois mois à trois ans au maximum. En clair, François Mitterrand peut mourir au cours de l'année 1982, tout comme il peut tenir jusqu'en 1986. Maintenant, il le sait, ses médecins le lui ont dit. Effrayante perspective ! Et l'on aurait voulu que Gubler se défile, et dise au président : « Débrouillez-vous sans moi, le secret que vous m'imposez est trop lourd à porter. La déontologie s'oppose à ce que je signe un bulletin mensonger ! »

Il peaufine son personnage. Il accepte de tenir un rôle de composition afin de protéger à la fois le président et le secret. Il accentue les traits de son caractère. Il se montre encore plus décontracté, plus indifférent, plus goguenard qu'à son arrivée à l'Élysée. Il joue l'imbécile de manière à banaliser son assiduité auprès du chef de l'État, et échapper à toutes les curiosités. Il n'a pas son pareil pour éluder les questions précises. Il ne doit pas éveiller les soupçons. Il ne peut compter sur personne dans ce palais agité par les rivalités et les intrigues que François Mitterrand sait si bien attiser. Au milieu de ces hommes et femmes ambitieux rivalisant d'intelligence et cherchant à briller, il se cache derrière le masque d'un benêt dont on se moque gentiment parce qu'il est serviable et pas méchant. Son rôle fait penser à ce film américain *Les Anges aux figures sales* dans lequel un pasteur demande au gangster condamné à mort (James Cagney) d'aller à la chaise électrique comme un lâche afin de décevoir les jeunes dont il est l'idole. Aussi, le criminel feint de se traîner aux pieds de ses bourreaux. Il avait accepté qu'on lui vole sa mort. C'est un peu de sa dignité qui fut volée à Claude Gubler à partir de 1981 et jusqu'en 1996 lorsque ses accusateurs osèrent le diminuer alors qu'ils connaissaient la qualité de ses services et sa fidélité à son patient.

Quand onze ans plus tard, il révélera la vérité à Hubert Védrine, secrétaire général de l'Élysée, celui-ci tombe littéralement assis : « Que tu aies pu tenir ce rôle si longtemps, chapeau ! » dit-il au médecin qui recevait là le plus beau des compliments. Ce qu'a fait Claude Gubler au cours de cette période dépasse très largement le rôle du médecin. Il s'est totalement impliqué. La vie du président était devenue la sienne. Il prend une initiative tout à fait extraordinaire car il est hanté par un doute. Trois éminents professeurs ont jusque-là examiné le malade et ont rendu un avis identique avec toutefois des commentaires différents. Se pourrait-il qu'ils se soient trompés ? À moins que les examens aient été mal faits ? Il adresse à un laboratoire privé du sang de François Mitterrand sans en révéler l'origine et sans en parler à personne. Il invente un nom : Xavier Carpentier, qui deviendra par la suite le nom de code utilisé par

Steg et lui pour parler au téléphone. Hélas, les résultats du laboratoire arrivent et confirment le diagnostic. François Mitterrand et Xavier Carpentier sont bien atteints de la même maladie mortelle...

La clandestinité dans laquelle Gubler vit est encore plus délicate à gérer à cause des effets secondaires du traitement. Trente pour cent des malades traités de la sortent meurent d'accidents cardio-vasculaires dans les deux premières années. La thérapeutique hormonale doit être associée à des anticoagulants pour éviter une hémorragie interne ou externe, une embolie. Ce n'est pas tout, la présence de métastases osseuses augmente les risques de fractures en cas de chute. Or, le chef de l'État voyage beaucoup à l'étranger et se trouve exposé à toutes sortes d'accidents petits ou grands. Gubler doit être toujours là en sentinelle silencieuse.

François Mitterrand ne l'aide en aucune façon, en aucune circonstance. Il ne se soucie pas d'accorder ses déclarations à celles que pourrait faire son médecin ou de donner des consignes aux aides de camp et aux agents de sa sécurité pour lui faciliter sa tâche. Pour ses collaborateurs, le président se porte bien et les exigences de Gubler lors des déplacements officiels sont considérées comme des caprices. Un comble ! Gubler n'a pas les moyens de faire respecter son autorité médicale auprès des militaires qui régissent les allées et venues du chef de l'État et les conflits sont inévitables. En Israël, en 1982, Gubler exige d'être dans l'hélicoptère de Mitterrand lors d'une visite à Saint-Jean-d'Acre. L'aide de camp, le colonel Philippe Mercier, s'y oppose avec fermeté. Les deux hommes se heurtent et sont au bord de l'empoignade. Gubler est obligé de faire intervenir Pierre Bérégovoy pour obtenir satisfaction. Après cela, sa cote ne remonte pas dans l'estime d'un entourage qui raille ses allures de touriste portant un appareil photo autour du cou !

En matière de camouflage, Claude Gubler est un as puisque le secret, leur secret, est préservé quelles que soient les situations. En voyage à l'étranger, il se glisse à l'aube dans la chambre du président. Il bricole un support de fortune pour accrocher le flacon de perfusion. À Alger, en décembre 1981, il se sert d'un tableau, à Londres, il utilise un portemanteau. Le patient s'en amuse, c'est bon signe, le traitement a des effets positifs. L'éveil qui ne doit pas être donné ne concerne pas seulement l'entourage, la famille, les ministres, mais aussi et surtout en début de septennat les observateurs étrangers. On sait que la santé de François Mitterrand a fait depuis longtemps l'objet de supputations fantaisistes. L'intérêt suspect qu'on lui porte dans ce domaine ne va évidemment pas faiblir maintenant qu'il est à la tête du pays. L'élection d'un président socialiste ayant appelé au gouvernement quatre ministres communistes alarme les Américains et intrigue les Soviétiques. La Maison-Blanche et le Kremlin veulent savoir si cette alliance est de nature à bouleverser le paysage politique et si cet homme qui est allé secrètement se faire examiner dans un hôpital militaire est en place pour longtemps. En juillet 1981, au sommet d'Ottawa, pour son premier grand rendez-vous international, Mitterrand avait déjà pu mesurer l'intérêt qu'il suscitait chez ses partenaires. Il n'était d'ailleurs pas venu les mains vides puisqu'en cette occasion il avait révélé à Ronald Reagan le contenu du fameux dossier « Farewell », l'affaire d'espionnage la plus extraordinaire depuis la guerre. Le président français avait ainsi dissipé les doutes que son arrivée au pouvoir avait créés chez les Américains.

L'histoire contemporaine abonde en exemples d'espionnage sur le plan médical. Parfois la réalité dépasse la fiction. La longue agonie de Leonid Brejnev a mis la CIA sur les dents. Le dirigeant soviétique était sous surveillance permanente. Les gestes les plus ordinaires de la vie quotidienne peuvent fournir de précieuses informations. On savait par exemple que Brejnev très coquet avait pour habitude de se recoiffer souvent. Il suffisait de recueillir quelques cheveux laissés sur un peigne placé dans les toilettes d'un bâtiment officiel visité par le chef du Kremlin pour évaluer en laboratoire son état de santé, les médicaments absorbés donc l'évolution de son mal. En ce qui concerne Georges Pompidou, les Américains ont sans vergogne installé une dérivation des canalisations sanitaires pendant un voyage à Reykjavik, en Islande, afin de recueillir les urines du président français qu'ils savaient très malade. Ils ont ainsi établi un diagnostic précis, celui-là même que l'on cachait aux Français. « Il sera mort dans les dix-huit mois, nous le savons », affirmait cyniquement Henry Kissinger. Sans être un spécialiste, Gubler savait cela. Lorsqu'il a accompagné le chef de l'État en URSS, il lui est arrivé de passer dans les toilettes derrière lui pour tirer la chasse d'eau et nettoyer peignes et brosses. À l'étranger, il avait adopté une routine pour faire disparaître tout ce qui était utilisé pour les soins. Aiguilles, ampoules vides, bouts d'ampoules cassées, coton, sparadrap étaient récupérés et gardés jusqu'au retour à Paris où ils étaient brûlés. Il ne pouvait même pas recevoir le soutien ne serait-ce que technique des aspirants médecins du Val-de-Grâce qui l'accompagnaient lorsque le pays visité avait une infrastructure médicale médiocre. Le général Laverdant qui les désignait disait à Gubler avant leur départ : « Bien entendu, ils ne sont au courant de rien. » Gubler n'a jamais été briefé par les services secrets français ou par la sécurité présidentielle. Il se peut que le KGB ou la CIA ait percé le secret, les historiens le découvriront peut-être un jour, mais cela n'aura pas été la faute du docteur français qui fut irréprochable.

François Mitterrand reste très loin de ces

contingences. Du moins, il affecte de pas s'y intéresser. Mais il est lui aussi sur ses gardes, notamment pendant les visites dans les pays de l'Est. Un soir, dans sa chambre, alors que Gubler commence à parler, il lui fait signe de se taire, un doigt sur la bouche, en désignant de la tête le plafond et les murs. Le chef de l'État a raconté à Gubler qu'une autre fois, dans un pays communiste, il reçut en tête-à-tête à sa résidence officielle un cardinal auquel il déclara : « Je pense que nous pouvons parler librement. » Le prélat répondit : « Bien sûr, Monsieur le président », tout en faisant de la main et de la tête des gestes négatifs. Il ne faut pas croire que ces histoires relèvent de la paranoïa ou d'une imagination influencée par les romans d'espionnage. C'était comme cela en URSS et dans ses satellites il y a quelques années et il n'est pas du tout certain que quelque chose ait changé dans certains pays. Jean-Bernard Raymond qui fut ambassadeur avant d'être ministre des Affaires étrangères en parle en connaissance de cause. En poste à l'Est il a vécu un incident qui, diplomatie oblige, fut étouffé. À l'ambassade de France, alors qu'il s'apprêtait à déjeuner avec plusieurs invités, sa fille qui devait avoir trois ou quatre ans découvrit des micros sous la table où elle s'était cachée pour jouer...

Le piège s'est donc refermé sur Claude Gubler qui se dévoue sur tous les fronts sans rechigner.

Le rythme des perfusions est moins fréquent. Le traitement est bien accepté par l'organisme du malade. Les analyses démontrent que le président devrait pouvoir entrer dans la deuxième catégorie des statistiques du Pr Steg : son espérance de survie serait de trois ans. Mais on n'en est pas encore là. Maintenant, tous les trois mois, l'infirmière biologiste Joëlle Govin, qui le suivra jusqu'au bout, vient à l'Élysée faire des prélèvements sanguins et, le soir même, Gubler reçoit par téléphone les résultats. Sur-le-champ il va voir le président. Entre eux pas de discours : « Alors ? – C'est très bon. Le traitement est efficace, on continue. » Ce fut ainsi pendant dix ans, de 1981 à 1991. Dans les premiers temps, l'épreuve était angoissante, l'espoir revenu elle devint vite une corvée qui agaçait le patient, même si les pilules et gélules avaient remplacé les piqûres.

Mais il n'est toujours pas question de révéler la vérité à l'opinion. Les bulletins de santé tombent régulièrement. Ils ne trahissent rien. « La médecine, c'est moi, la politique c'est vous. Chacun son boulot », avait un jour lancé Gubler à Mitterrand qui se plaignait de faire l'objet d'une trop grande surveillance médicale. Le président ne parle pas de transparence, Gubler ne pose pas de questions. Chacun gère le secret sans en parler à l'autre. Le médecin sait ce qu'il doit faire. Il navigue à vue dans la tempête et il n'a pas le temps de faire de l'introspection. Il n'a aucun moyen de savoir si Mitterrand a fait des confidences autour de lui. Il avait pu confier à une lointaine relation ce qu'il cachait à ses proches. Avec le temps les langues se sont déliées et la mémoire est revenue. Pierre Mauroy qui s'était jusqu'alors toujours tu sur ce sujet révéla en janvier 1997 que dès « les premiers moments, François Mitterrand m'a fait la confidence de sa maladie ». Mais que lui avait-il dit exactement ? Devant l'émoi suscité par sa déclaration, l'ancien Premier ministre tint à préciser, *via* son secrétariat, qu'il savait que Mitterrand était malade mais qu'il ignorait la nature et l'ampleur de sa maladie...

Jacques Attali dans ses *Verbatim* n'évoque jamais la santé du président dont il a été pendant dix ans le « conseiller spécial ». Cette absence qui a étonné ses lecteurs a une explication toute simple : le président l'avait censuré bien que l'un et l'autre aient affirmé que le manuscrit n'avait subi aucune coupe. Quelques intimes qui avaient eu entre les mains le texte original de *Verbatim I* se souviennent en effet avoir lu : « Décembre 1981 : Le président me dit qu'il a un cancer et qu'il est condamné. » Quelques jours plus tard, toujours en décembre, Attali écrit encore : « Le président me dit : "Les médecins sont des imbéciles, ils se sont trompés. Je n'ai pas de cancer." » Les deux citations n'ont pas été publiées. Le président les avait fait disparaître.

Après la parution du *Grand Secret*, en janvier 1996, Jacques Attali a donné à plusieurs de ses interlocuteurs une autre version, la troisième : Un jour de novembre 1981, François Mitterrand reçoit dans son bureau Pierre Bérégovoy, André Rousselet et lui-même pour leur faire cette déclaration : « Je viens d'apprendre que j'ai un cancer et que je n'en ai plus pour longtemps... Triste ironie du sort ! Gardez cela pour vous, c'est un secret d'État. »

3

Qu'est-ce qu'un secret d'État ? Une action inavouable ? Une information explosive dont l'opinion ne doit rien savoir ? Un projet dont la réussite dépend de l'ignorance générale ? La vie politique intérieure et extérieure fourmille de secrets éphémères et souvent dérisoires qui font le régal des médias et donnent de l'importance à leurs détenteurs. François Mitterrand n'était pas loin de penser, disait-il, que les secrets d'État n'existent pas, surtout s'ils sont partagés par plus de deux personnes... Valéry Giscard d'Estaing a concédé lui aussi qu'il y avait moins de secrets qu'on ne croyait. Lorsqu'il a passé les pouvoirs à son successeur en 1981, Giscard a livré quatre informations dont il était le seul détenteur : le nom du successeur de Brejnev malade (Konstantin Tchernenko) ; le projet du président égyptien Sadate de renverser le colonel Kadhafi ; une découverte révolutionnaire d'Elf-Erap en matière de recherche pétrolière et « les relations spéciales » entre la France et les États-Unis sur le nucléaire militaire. En réalité, Giscard avait refilé à Mitterrand trois « scoops » bidon et un seul vrai secret d'État. Ce n'est pas Tchernenko qui succéda en 1982 à Brejnev mais Iouri Andropov ; Sadate a été assassiné et Kadhafi est toujours vivant ; quant à l'affaire dite des « avions renifleurs », elle se révéla être une immense et coûteuse escroquerie. En revanche, les « relations spéciales » franco-américaines constituaient un réel secret : depuis près de trente ans les États-Unis aidaient la France à bâtir son armement nucléaire, ce qui, soit dit en passant, écornait le discours officiel sur notre indépendance militaire.

On ne peut gouverner sans mentir et c'est pourquoi morale et politique ne font pas bon ménage. Daniel Meyer était utopiste lorsqu'il professait qu'il « devrait y avoir une sorte de pléonasme entre morale et politique ». Dans son cas, François Mitterrand a tout de suite placé la barre très haut. Six mois après avoir pris ses fonctions, il plonge son proche entourage, le tout premier cercle politique, dans un mensonge d'État aux conséquences imprévisibles. La nouvelle équipe au pouvoir est sur le fil du rasoir. Les premières mesures économiques et sociales lèsent des puissances hostiles. Le PS annonce que des têtes doivent tomber. L'opposition encore groggy commence à se relever et cherche des points d'appui. Elle se remet à espérer en spéculant sur la maladie du président. Rien ne doit nourrir cet espoir.

On entre dans les années de tous les dangers. Deux dévaluations du franc déjà. Les élections municipales perdues. Trente et une grandes villes passées à droite. Des attentats. Jacques Chirac fait publiquement un pronostic : la gauche ne restera pas au pouvoir plus de deux ans. Il y aura des élections avant. Propos irresponsables de la part d'un homme qui brigue la direction du pays alors qu'il n'y a pas d'échéance électorale en vue. Propos antidémocratiques révélateurs de l'hystérie qui s'est emparée d'une partie de l'opposition. La gauche réplique : Louis Mermaz accuse le maire de Paris d'employer « un ton de factieux et de créer un climat néo-poujadiste » ; Jean-Pierre Chevènement se dit incommodé par son « haleine fétide ».

Le 4 juillet 1982, le président de la République est copieusement sifflé au bas des Champs-Élysées. Cette hostilité bruyante n'a pas paru spontanée à certains observateurs qui ont vu des petits groupes d'hommes organiser le chahut. Un ancien ministre gaulliste affirme : « Cela a été très loin, beaucoup plus loin qu'on ne l'a dit. Il y a eu des sifflets très forts, même dans la tribune des femmes d'officiers. Je le sais par la police. » Mais ce n'est pas tout ce que révèle ce gaulliste loin de la mouvance chiraquienne. Dans l'entourage de Chirac, « certains préparent un coup d'État », affirme-t-il. Exagération ? Affabulation ? L'ancien ministre est catégorique : « Je le sais parce qu'ils me l'ont dit... et Mitterrand est au courant... »

À la même époque, Gaston Defferre, ministre de l'Intérieur, avoue être « frappé par la haine de la droite ». « C'est affreux, dit-il, cela ressemble à l'extrême droite d'avant-guerre. » Edmonde Charles-Roux, sa femme, reçoit des lettres anonymes lui annonçant qu'elle sera bientôt veuve. Une journaliste anglaise du *Times* est venue lui demander s'il était exact que les « robinets des toilettes, installées au Grand Trianon de Versailles pour le sommet des Sept, sont en or massif ». À croire que pour certains milieux, Mitterrand est une sorte de Ceaucescu !

On a oublié ce climat de « guerre civile froide ». Ce n'est pourtant pas si lointain et la plupart des acteurs de cette mauvaise pièce sont aujourd'hui aux commandes. La gauche fait le « complexe d'Allende », par référence au président chilien renversé par un putsch militaire en 1973, à la suite de mouvements sociaux soutenus par les « forces de l'argent » et par les Américains. Elle a des raisons de s'alarmer. En mai 1984, on entendra, lors d'une manifestation contre la loi Savary sur l'enseignement privé, des jeunes d'extrême droite scander : « Allende on t'a eu, Mitterrand on t'aura ! »

François Mitterrand lui-même est obsédé par cette menace. D'un naturel méfiant voire soupçonneux, il redoute un complot. « Nous sommes assiégés », explique-t-il à ses amis au printemps 1982. Cette psychose est en grande partie à l'origine de la création à l'Élysée du GSPR dirigé par Christian Prouteau. Chargés par définition de la protection du président, les « gendarmes de l'Élysée » deviennent une sorte de garde prétorienne puis une police secrète qui ne rend compte à personne et se lance dans des opérations délictueuses comme celle des écoutes téléphoniques.

Une anecdote illustre l'état d'esprit qui régnait alors dans certaines sphères. En avril 1983, Jean-Louis Bianco reçoit un appel téléphonique de l'Agence France-Presse qui l'informe de l'incroyable proposition qu'on vient de lui faire. Les internes des hôpitaux de Paris sont en grève depuis le 22 mars et le conflit durera six semaines. Des grévistes de l'hôpital Necker ont appelé l'AFP pour savoir si l'agence accepterait de publier le contenu « très intéressant » du dossier médical de François Mitterrand qu'ils affirment détenir. Ce serait, croient-ils, un moyen de faire pression sur le pouvoir pour voir aboutir leurs revendications... L'AFP, réservant sa réponse, demande à Bianco des éclaircissements. Le secrétaire général de l'Élysée n'en parle pas au président mais s'adresse à Claude Gubler.

Bianco ne comprend pas. Le président est-il malade ? Se fait-il soigner à l'hôpital Necker ? Quels sont ces mystères ? Que doit-il répondre à l'AFP ? Gubler le rassure, il va faire une rapide enquête. Les internes de Necker ne peuvent pas posséder le dossier médical du président. Il en est le seul détenteur. Le Pr Steg et le Val-de-Grâce ne gardent aucun document. Le laboratoire privé qui a procédé à des examens ne peut non plus être mis en cause puisqu'il ne connaît que Xavier Carpentier. Le médecin comprend enfin la méprise qu'il s'empresse d'expliquer à Bianco : le dossier de Necker concerne un autre Mitterrand... soigné lui aussi pour un cancer de la prostate. L'ignoble chantage échoue, ses auteurs ne seront jamais inquiétés. Ils doivent exercer quelque part et, peut-être, faire des conférences sur l'éthique et la pertinence du secret médical...

François Mitterrand disait du cancer de la prostate : « Cette maladie est familiale. » Son père et son frère Philippe en mourront, son autre frère Robert en est atteint, ce qui explique l'influence qu'il exercera plus tard sur le président et le rôle qu'il tiendra dans la bataille des médecins à venir. La cancer de la prostate diagnostiqué tôt, localisé, est une tumeur à évolution lente qui, bien traité, donne des survies de longue durée et souvent de véritables guérisons. Le cancer de François Mitterrand n'entre pas dans cette catégorie car lorsqu'il est découvert il y a déjà un début de dissémination dans les os. Ce sont les douleurs dans la jambe provoquées par les métastases qui révéleront l'ampleur de la maladie. La chance du président fut que son organisme répondit d'une manière extraordinaire au traitement hormonal. Il n'y eut pas de miracle, mais un cas d'exception qui défie les statistiques. Le professeur américain Edson Pontes qui fut appelé au chevet du président en 1991 ne dissimule pas son étonnement. Selon lui, moins de vingt pour cent des malades atteints d'un tel cancer prostatique survivent plus de cinq ans. « C'est tout simplement incroyable, estime-t-il, que Mitterrand ait survécu jusqu'en 1996. » Le célèbre urologue reconnaît que parmi les centaines de patients qu'il a soignés un tel cas ne s'est jamais présenté.

Sur le plan statistique, on est en présence d'une situation hors norme. Sur le plan humain également, car François Mitterrand va non seulement montrer une résistance physique phénoménale, mais se révéler exceptionnel en face de ce destin. Il y a pourtant quelques pailles dans cet acier bien trempé. « C'est un anxieux qui a des crises d'angoisse », avait confié Danièle Mitterrand à Gubler lorsque le médecin était entré dans la famille. En avion notamment le président n'était pas à l'aise et avait parfois des crises de claustrophobie. Qui l'eût cru de la part d'un homme qui sut si bien et si souvent parler en public (mille sept cents fois entre 1981 et 1988) et dont la carrière est jalonnée de grands discours, il avait peur de perdre sa voix, ce qui lui était déjà arrivé. Pour son médecin, la charge émotionnelle inconsciente était responsable de ce trouble minime. Plus tard, l'imprégnation thérapeutique modifia sa voix, ce qui accentua son inquiétude. Son frère Robert tint même à ce qu'il consultât un éminent ORL qui après examen du président dit à Gubler en confidence : « Ce n'est pas à la gorge que ça se passe » et, en montrant la tête, il ajouta : « C'est là... »

La notion même de l'angoisse existe quelque part enfouie dans notre inconscient et la plupart d'entre nous acceptent de plus ou moins bon gré la présence de ce redoutable partenaire. François Mitterrand le niait. Toute manifestation physique dite pathologique devait, selon lui, relever d'une cause organique et non d'autre chose. Il ne supportait pas que l'émotion puisse perturber son équilibre. Gubler le rassurait en lui expliquant que ces phénomènes n'avaient aucun effet réducteur sur ses capacités physiques ou intellectuelles, que le trac disparaît chez les acteurs dès qu'ils entrent en scène, ce qu'il démontra pendant quatorze ans.

Chez un homme qui était un angoissé chronique, il se produisit alors quelque chose d'inattendu. Il était arrivé à occulter sa maladie, à ne plus y croire. Tandis que Gubler vivait dans la peur de la chute, de la blessure qui le ferait vider de son sang – il eut pendant dix ans de fréquentes hémorragies nasales –, le président évacuait peu à peu la menace qui pesait sur sa vie. À de nombreuses reprises, Mitterrand ordonnait à sa secrétaire : « Appelez Gubler, je veux le voir tout de suite. » Paniqué, le médecin courait à l'Élysée ventre à terre pour s'entendre dire : « J'aimerais que vous alliez voir une amie qui ne se sent pas bien. » Le président sortait de sa poche un papier plié en quatre sur lequel se trouvaient les coordonnées de la personne en question. C'était tout. Mitterrand le reconduisait en disant : « Tenez-moi au courant » ou simplement en lui donnant une tape sur l'épaule. Si Gubler s'était écrié lors de ces appels prétendument urgents : « Vous imaginez dans quelle frayeur votre coup de téléphone m'a plongé ! J'ai cru qu'il était arrivé quelque chose », il est certain que Mitterrand lui aurait répondu : « De quoi parlez-vous ? Je ne comprends pas, je ne suis pas malade ! »

De fait, de 1981 à 1990, la symptomatologie locale s'était développée lentement. Les examens biannuels du Pr Steg montraient qu'il n'y avait pas de risques supplémentaires. Les tests biologiques qui permettent d'apprécier l'état de dissémination et d'évolution étaient normaux. Au fil des ans, il s'était persuadé qu'il était guéri, qu'il était redevenu normal, alors que son cancer était toujours là, menaçant de s'évader à nouveau. Son inconscience s'exprima en 1992 lorsque Steg lui annonça qu'il fallait l'opérer. Il sursauta quand ses médecins lui rappelèrent la nature exacte de son mal. Il fut tellement étonné qu'il le fit répéter.

C'est à la fin du mois d'août 1992 que Steg et

Gubler parviennent à convaincre le président de l'obligation de cette opération. Il les reçoit à Latche, un Mystère 20 les y avait conduits et ramenés à Paris. Ils déjeunent à la bergerie où ce jour-là le chef de l'État reçoit deux journalistes, Alain Duhamel et Jean-Pierre Elkabbach. Ils repartent avec son accord difficilement arraché. Mitterrand estimait en effet que son état était supportable et que d'autres traitements pouvaient être essayés. Il reculait parce que sa perception de la cancérologie lui faisait craindre la chirurgie. Son idée était que le bistouri libère les métastases. Sur ses terres landaises, il était plus que jamais un paysan qui se méfie des médecins et de la médecine.

Il y a maintenant urgence. Le 3 septembre 1992, rien ne va plus lorsqu'il participe à la Sorbonne à un débat sur le traité de Maastricht face à Philippe Séguin et à un échantillon de Français. À cette époque, il se plaignait d'avoir une dizaine de dérangements nocturnes. Comment pourrait-il rester trois heures en direct à l'antenne ? Gubler va visiter les lieux avant l'émission et insiste pour qu'il y ait au moins une pause publicitaire. Jusqu'à ce jour ses conseillers en communication avaient toujours exigé, et obtenu, que ses passages à la télévision ne soient précisément pas « pollués » par ces interruptions. Il y eut donc une coupure qui permit au président de quitter le plateau quelques instants. Tous les participants, et notamment l'animateur Guillaume Durand, savent que le chef de l'État fait un effort surhumain. Tout se passe bien, sauf qu'à la reprise de l'émission, Mitterrand n'est pas revenu. Il est encore dans les coulisses avec Gubler. Un habile cadrage des cameramen créera l'illusion de sa présence jusqu'à son retour. Devant leur écran, les téléspectateurs ne sentiront pas cette intense émotion.

Dix jours plus tard, François Mitterrand est opéré. Il dit à Claude Gubler : « Vous allez pouvoir faire passer le message, révéler ce que j'ai et depuis quand. Comme ça la vérité se saura. » Il croyait avoir trouvé la solution pour se débarrasser de son mensonge. Mais son médecin et lui ne parlaient pas de la même chose. À la lecture du compte rendu de l'opération indiquant qu'il avait un adénocarcinome, le malade est devenu blême et a bondi : « Ce n'est pas possible ! » Adolphe Steg n'en croyait pas ses oreilles. Il comprenait enfin l'ambiguïté de la situation. Le président était prêt à révéler qu'il avait eu un cancer à la condition de préciser qu'il était guéri. Dans son esprit, l'opération marquait la fin de sa maladie ; pour ses médecins elle n'était qu'une étape. L'aveu fut reporté à plus tard.

4

Pendant des années, François Mitterrand a essayé de se libérer de ce secret si bien gardé. « Comment le dire ? » demandait-il à Claude Gubler dont il n'attendait pas la réponse puisqu'il était le seul à détenir la solution du problème. Sa question relevait plus de la réflexion à haute voix que d'une réelle volonté de sortir du piège dans lequel il s'était enfermé avec son médecin. La décision à prendre était politique et ne concernait plus sa vie privée. Sur le plan médical, Gubler n'avait pas de raison à pousser le chef de l'État à révéler le mensonge initial. À partir de 1983 et jusqu'en 1991, la maladie semble jugulée et ne donne aucun signe d'activité inquiétante. Le président se sent bien et mène une vie normale. Cette longue rémission permet de rédiger des bilans de santé auxquels il n'y a pas grand-chose à reprocher. Si le médecin avait voulu soulager sa conscience, il aurait dû le faire dans les premiers mois. Il ne lui aurait même pas été nécessaire de fournir des explications. Il lui suffisait de s'effacer, de passer la main dans la discrétion. En ayant fait le choix de rester, d'assumer les risques, par fidélité et par sens du devoir, il devenait solidaire et devait aller jusqu'au bout. Comme l'a excellemment dit le philosophe Jean Guitton avec qui François Mitterrand venait souvent bavarder de la vie et de la mort : « Il faudrait délivrer les praticiens qui ont la responsabilité de soigner un homme d'État du serment d'Hippocrate. Ce ne sont plus des médecins ordinaires mais des hommes qui participent à la politique puisqu'ils se trouvent dans une situation politique. Or, que demande-t-on à un homme politique ? De réussir. En disant la vérité sur le mal qui frappait François Mitterrand, son médecin portait atteinte à la raison d'État. »

Il est arrivé voici quelques années à un chef d'État africain une mésaventure que François Mitterrand connaissait sans doute et qui a dû le faire rêver et peut-être rire. Cet homme apprend par son médecin qu'il est atteint d'une grave maladie et qu'il ne lui reste que quelques mois à vivre. Il décide de préparer sa succession et sitôt fait il démissionne de son mandat. Or, le diagnostic était faux et le médecin vient l'annoncer à l'ex-président qui veut retrouver son poste. Hélas, le nouvel élu refuse de s'effacer. Ayant tout perdu, sauf la santé, l'ancien chef d'État quitte son pays et s'exile à l'étranger où il meurt longtemps après. Cette édifiante histoire vraie démontre que la politique peut se servir de la médecine et qu'il n'y pas de règle pour se sortir de ce dilemme.

François Mitterrand a cru que la publication régulière de bulletins de santé avait une vertu politique. Il entendait se distinguer de ses prédécesseurs en pratiquant la transparence aussi bien dans le domaine de son patrimoine que dans celui de sa santé. C'était une tromperie, une fausse bonne idée démentie avec une rapidité qu'on n'aurait jamais pu imaginer. La systématisation voulue par le président s'est retournée contre lui. « Quelle erreur ! » s'est-il exclamé devant Claude Gubler. Mais à défaut de respecter son engagement, il s'en est servi sans vergogne. Il a manipulé son médecin comme un pion. La médecine a été dévoyée de son rôle au profit de l'intérêt politique. Deux dates illustrent cette déviance, ce phagocytage de la médecine par le pouvoir politique : mai 1988 et juin 1990.

François Mitterrand a échappé deux fois à la mort dans des accidents de voiture. En 1966, entre Jarnac et La Rochelle et en 1976 en sortant de la Maison de la Radio après un « Armes égales » qui l'avait opposé à Jean-Pierre Fourcade. En juillet 1987 c'est son fils Gilbert qui a un terrible accident sur une petite route de Catalogne. La conductrice de la voiture qui a percuté celle de

Gilbert est tuée sur le coup. Le fils du président et sa petite-fille Pascale sont blessés légèrement, en revanche Justine, l'autre fille de Gilbert, est dans un état grave. Claude Gubler sur ordre du président part sur-le-champ pour Gérone avec deux autres médecins, tandis que les grands-parents, en vacances à Latche, suivent à bord du Mystère 50 présidentiel. François Mitterrand, au pied du lit de Justine qui souffre d'une fracture du crânc, cst cffondré. Il est persuadé qu'elle va mourir. La fillette qui a six ans s'en tirera. Gubler la fait rapatrier à Paris et elle est hospitalisée à la Pitié-Salpêtrière où Danièle et sa sœur Christine Gouze-Raynal restent dix jours à son chevet tandis que le président s'installe au château de Rambouillet avec le reste de la famille. Pourquoi rappeler cet épisode douloureux ? Parce que le chef de l'État a été bouleversé par cet accident. La mort qui avait rôdé autour de la petite Justine avait ravivé la crainte de la sienne. Il parlait de se consacrer désormais à ses enfants et petits-enfants. Dans moins d'un an son mandat expirait. La campagne électorale était ouverte mais il restait muet sur ses intentions et l'on en arrivait à croire qu'il ne se représenterait pas.

Sur le plan médical, la sagesse était qu'il ne fût pas candidat à sa réélection car il avait peu de chances d'aller au terme d'un deuxième septennat. Certes il constituait un cas unique mais il allait vers l'inconnu. Le Pr Steg estimait qu'avoir survécu jusqu'en 1988 était déjà phénoménal. Si le président lui avait demandé son pronostic, l'urologue aurait répondu que médicalement il ne pouvait rien prédire mais que le risque était grand. Steg et Gubler répétaient : « Pourvu qu'il ne se représente pas ! »

On a sans aucun doute supposé qu'avant de demander aux Français de lui renouveler leur confiance, et pour savoir si oui ou non il était capable de diriger le pays pour une nouvelle période de sept ans, François Mitterrand avait consulté ceux qui le soignaient. N'importe quel dirigeant d'entreprise dont dépend l'avenir économique de centaines ou de milliers de salariés le ferait s'il était appelé à prolonger à un tel âge (soixante-douze ans) ses responsabilités pour une aussi longue durée. Or il ne l'a pas fait. Il n'a rien demandé. Il n'a interrogé ni Steg ni Gubler. Il a persévéré dans le mensonge à l'abri de ses bulletins de santé semestriels. Ce rendez-vous majeur avec le pays lui offrait pourtant l'occasion de repartir sur des bases claires, de respecter enfin la transparence médicale qui avait été tellement malmenée jusqu'ici.

Il ne l'a pas fait peut-être parce qu'il puisait réconfort et espoir dans la courbe de mortalité des cancers de la prostate que lui avait montrée Steg. Il y apparaît qu'au moins cinquante pour cent des malades survivent après quatre ou cinq ans. Ensuite, la mortalité redevient celle de tout le monde. Le plus souvent on meurt d'autre chose. En 1988, il se croyait protégé par les statistiques. Or, c'était illusoire car ces évaluations n'avaient jamais correspondu à son cas, dont la moyenne de survie est de trois ans. Ses médecins ne les avaient pas portées à sa connaissance pour, évidemment, ne pas entamer son moral et sa foi dans le traitement. D'ailleurs, à partir de 1985, il s'amusait à demander à Steg : « Alors, combien vous en reste-t-il dans vos statistiques ? »

Au cours de l'été 1990, c'est un autre problème qui se présente. Le Dr Gubler va se trouver au cœur d'un psychodrame qui a failli déboucher sur une crise politique. À la mi-juin, le médecin évoque le rituel bulletin et, à son grand étonnement, le président suggère de dévoiler une partie de la vérité. « Voyez ça », ordonne-t-il à Gubler sans lui donner de précisions. C'était souvent sa façon d'évacuer les problèmes, il soufflait une idée, il ouvrait une piste, à son interlocuteur de décrypter. Gubler n'y parvenant pas revient voir le chef de l'État pour lui demander quelles sont exactement ses intentions. C'est alors que François Mitterrand lui dit ceci : « Il se peut qu'au mois d'août je décide de partir... Dans cette hypothèse, il faudrait que vous prépariez le terrain à propos de ma santé... Si je me retire, nous dirons tout mais seulement à ce moment-là... Où serez-vous en août ? Chez vous, à Cuges ? Je vous téléphonerai. »

Stupéfaction de Gubler ! Qu'est-ce que tout cela veut dire ? Pourquoi envisage-t-il de démissionner ? Que se passera-t-il en août qui justifiera un tel acte ? « Nous dirons tout », a-t-il annoncé. Ce n'est pas un pluriel de majesté. Il implique le médecin dont il a besoin pour traverser cette épreuve. Il l'entraîne dans un jeu dont il ne daigne même pas en expliquer les règles. Mais le temps presse car le bulletin de l'été a déjà plusieurs semaines de retard. Gubler rédige un projet de texte dans lequel il insiste sur l'état de santé clinique et annonce quelques examens biologiques. En clair, le communiqué laisse entendre que le président est fatigué et que ces examens devraient permettre d'en connaître la raison. Cette nouveauté ne manquerait pas de mettre la puce à l'oreille des médias et de provoquer une interrogation qui recevrait sa réponse en août avec, soit la révélation du cancer et sa conséquence la démission, soit que tout est rentré dans l'ordre, fausse alerte.

« Ainsi les choses seront claires, conclut Mitterrand en lisant le projet du communiqué. La transparence sera respectée. On ne pourra pas m'accuser de cacher quelque chose. » Ce n'est pas du tout l'avis du médecin qui est enfermé dans une contradiction que son patient feint d'ignorer. Il allait peut-être devoir dire la vérité et en même temps mentir puisqu'à ce moment-là, en juillet 1990, son patient se portait bien. Il lancerait un mot dont la charge émotionnelle est fantastique alors que rien sur le plan médical ne justifiait qu'il démissionne. Si, sur l'instant, les Français avaient salué la franchise et le courage du président, plus tard ils auraient découvert que sa santé n'avait rien à voir avec son départ.

Pour la première fois depuis 1981, Claude Gubler a des états d'âme. Il est même franchement furieux. Nous sommes le 27 juillet. Ce jour-là, Michel Charassc, qui est ministre du Budget, reçoit un appel du président qui lui demande de venir le voir tout de suite. Charasse a raconté aux deux journalistes, Pierre Favier et Michel Martin-Roland, auteurs de *La Décennie Mitterrand* (tome III, Seuil), ce qui, selon lui, s'est passé.

« Quand j'arrive dans son bureau, il me dit : "Asseyez-vous, j'ai des choses importantes à vous dire. Je suis à la tête d'une collection d'emmerdements personnels. Je ne sais pas comment m'en sortir. J'en ai marre." Il me raconte ses problèmes et je lui dis que s'il le souhaite je peux les régler en huit jours. Il me donne son accord et je prends congé. Dans l'antichambre je croise Gubler avec un papier à la main. Il me le montre l'air accablé. C'est un bulletin médical disant que le président est très fatigué et qu'il va devoir subir des examens supplémentaires. Je demande à Gubler si cela correspond à la réalité. Il me répond : "Non absolument pas. Il fait une dépression nerveuse. Il veut s'en aller et préparer l'opinion à son départ." »

Charasse retourne voir le président. « Vous êtes au courant de ça ? demande-t-il en lui montrant le projet de communiqué. – Naturellement, répond Mitterrand fou de rage, qui vous en a parlé ? – C'est Gubler, à l'instant. – Il n'aurait jamais dû. Qui commande ici ? – Personne à l'Élysée ne voudra publier une telle bombe. Vous serez obligé de la dicter vous-même à l'AFP. Personne ne voudra dicter ça. – C'est pourtant un ordre. – Vous m'avez donné huit jours, président, pour régler vos affaires. Je vous en demande quatre, mais ne sortez pas ça. – Bon, quatre jours, mais pas un de plus. Renvoyez-moi Gubler. »

Charasse conclut son récit : « Mitterrand et Gubler ont dû s'engueuler. Finalement, on a sorti le bulletin de santé habituel le samedi 28 juillet. Quant à moi, j'ai réglé en trois jours les problèmes personnels du président, qui lui semblaient insurmontables car il avait un coup de blues. La semaine suivante, c'était la guerre du Golfe et on n'en a plus jamais reparlé. » Dans son propre livre (*55, Faubourg Saint-Honoré*, Grasset), Michel Charasse donne de l'événement une version identique à ce qu'on vient de lire, à quelques détails près, comme lorsqu'il affirme que Gubler aurait refusé de signer le bulletin en question et qu'il l'aurait dit au président.

Il se trouve que Claude Gubler donne une tout autre version de cet épisode rocambolesque. Il est en désaccord sur tout : les dates, les dialogues et le rôle de Charasse dans les tractations sur le texte litigieux. C'est bien avant le 27 juillet qu'il a remis au service de presse de l'Élysée le bulletin que lui avait suggéré le président et qui devait mettre le feu aux poudres. Les collaborateurs du chef de l'État sont affolés. Ils disent à Gubler : « Ce n'est pas possible de publier cela. C'est une bombe ! » Le médecin leur rétorque : « Le président me l'a demandé, je l'ai fait. Toutes vos objections, ce n'est pas avec moi qu'il faut en discuter mais avec lui. » Plusieurs jours passent. Le bulletin qui ne sera jamais publié dans les termes convenus est toujours bloqué. Michel Charasse qui a été alerté dit un jour à Gubler (qui ne vient à l'Élysée que le mercredi, jour du Conseil des ministres, et qui, de ce fait, ne pouvait le rencontrer le vendredi 27 juillet, comme celui-ci l'affirme) : « Je sais pourquoi il fait tout cela. Je vais essayer de rattraper le coup. » Et il ajoute avec ce langage fleuri qu'on lui connaît : « C'est une merde, une merde épouvantable ! »

François Mitterrand relance Gubler. Il est furieux et apostrophe son médecin bien obligé de lui avouer qu'il se heurte au refus de ses conseillers. Le président hurle : « C'est moi qui commande ! » Finalement, Gubler prend l'initiative de supprimer le passage gênant dans le texte initial. Il laisse toutefois figurer les points concernant la vitesse de sédimentation un peu élevée et la présence d'hypoglycémie. Il tient à ce que ce bulletin ne ressemble pas tout à fait aux autres. Ce texte passe cependant inaperçu, sauf de la presse spécialisée. En 1992, après sa première opération, le président en rappellera certains détails pour démontrer, avec une totale mauvaise foi, que deux ans auparavant ses médecins avaient repéré quelque chose d'anormal. Qui aurait pu le contredire ? Personne à part Gubler et Charasse, encore que ce dernier ne savait toujours pas que le chef de l'État était soigné pour un cancer depuis fin 1981.

Claude Gubler part en vacances en redoutant l'appel téléphonique annoncé. Mais rien ne vient, sauf que la crise du Golfe a envahi l'actualité et que François Mitterrand ne quitte plus le devant de la scène. Gubler ne reçoit aucune explication. Il obtient seulement de Charasse cette conclusion énigmatique : « J'ai tout arrangé. Tout va bien, plus d'inquiétude... » Il est clair que le médecin a été manœuvré et que ce que lui avait demandé le président était un faux arrêt de travail. Il a cru comprendre que les velléités de démission de Mitterrand avaient pour origine des raisons personnelles. Lesquelles ? Gubler ne se mêlait ni des affaires publiques ni des affaires privées du président qui ne lui faisait pas de confidences. Il ne se posait pas de questions mais il entendait ce qui se disait au secrétariat particulier ou ce que Charasse, intarissable bavard, déclarait à tout vent. Il en vint à penser aux suites de l'affaire

Pechiney. « Ça se resserre », entendait-il à ce sujet. Roger-Patrice Pelat, soupçonné de « délit d'initié », avait-il fait profiter l'entourage de son ami le président de ses informations ou du bénéfice de ses transactions ? François Mitterrand ne serait-il pas contraint d'avoir à s'expliquer ? À cette occasion, ne devrait-il pas dévoiler sa double vie dans des conditions humiliantes ? C'était une hypothèse plausible mais ce n'était pas la bonne.

Mais alors, qu'est-ce qui avait pu ébranler le pouvoir ? La révélation par *Le Grand Secret* de cet épisode extraordinaire de la vie de François Mitterrand n'a pas fait l'objet d'enquêtes fouillées. Il paraissait tellement surprenant que certains observateurs ont tenté de faire douter de sa réalité. Hubert Védrine, Jean-Louis Bianco et Jacques Attali en déclarant qu'ils n'avaient été au courant de rien ont indirectement contribué à entretenir le doute. On commençait à penser que décidément ce pauvre Gubler n'avait rien compris et que tout cela n'avait aucun sens. Ce sera d'ailleurs une constante chez les détracteurs du *Grand Secret* que d'essayer de discréditer son principal auteur et de démolir son témoignage. Rares sont les journaux qui ont cherché à savoir. *L'Événement du jeudi* est de ceux-là qui, à la fin du mois de janvier 1996, consacre un long article à ce mystère en croyant avoir trouvé la solution. En juin 1990, ce même hebdomadaire avait révélé les ennuis de l'un des fils du président, Jean-Christophe, baptisé « Papamadit », qui aurait cédé aux tentations de l'affairisme en Afrique, exposant ainsi le chef de l'État à de fâcheuses retombées. Selon *l'EDJ*, Danièle Mitterrand était déchaînée contre cette accusation et exigeait de son mari une réaction vigoureuse que celui-ci refusa, fidèle à sa ligne de conduite de ne jamais poursuivre la presse. Bien que l'hebdomadaire ait titré son article de 1996 « Le jour où *l'EDJ* a failli faire partir Mitterrand », il donnait la parole à Michel Charasse qui détruisait ce bel échafaudage. Le pétulant sénateur affirmait en effet : « Tout cela n'a rien à voir avec Jean-Christophe ni avec des histoires d'argent comme le murmurent les gens soi-disant bien informés. Il s'agissait d'une affaire familiale, personnelle et intime. »

Michel Charasse refuse d'en dire plus. Le « pittbull du président » (l'un de ses surnoms à l'Élysée), vingt-quatre heures sur vingt-quatre au service du président, se mêlant de tout, spécialiste de droit constitutionnel mais se moquant du principe de la séparation des pouvoirs puisqu'il était en même temps conseiller à l'Élysée et parlementaire, aurait donc réglé en quelques jours un problème qui tourmentait le chef de l'État au point de le conduire à la démission. Bel exploit qui laisse cependant l'opinion insatisfaite tant qu'elle ne saura pas pourquoi le pays a failli connaître une élection présidentielle anticipée ! Si cette affaire « familiale, personnelle et intime » n'avait pas eu la fin que l'on sait, qui serait aujourd'hui président de la République ? Les jeux sont ouverts.

On glisse dans la politique-fiction. Les hagiographes de *La Décennie Mitterrand*, Favier et Martin-Roland, ont tout de même cherché à savoir et ont interrogé quelques intimes du président disparu. Le résultat tient en une dizaine de lignes dans les cinq cent quatre-vingts pages de leur tome III. François Mitterrand « était fort contrarié par des soucis liés à sa double vie familiale », écrivent-ils. Au même moment, Danièle Mitterrand « avait brusquement quitté la maison de vacances landaise de Latche pour s'isoler pendant quelques jours dans les Pyrénées. François Mitterrand très inquiet de ce comportement avait pu localiser son épouse par l'intermédiaire de ses officiers de sécurité ». C'est tout. Les deux auteurs ne franchiront pas la ligne jaune qu'ils ont eux-mêmes tracée sur la voie qui mène à la vérité. « Ils se refusent, concluent-ils, à aller plus avant dans cet épisode qui relève de la vie privée, qu'ils se sont donné pour règle de ne pas commenter au-delà de ses éventuels effets sur la vie publique de François Mitterrand... »

Résumons : Danièle a fait une fugue. Les gendarmes du GSPR, lancés à ses trousses à la demande du président, l'ont retrouvée dans un hôtel du sud des Landes ou du Pays basque. Est-on dans un vaudeville ou dans une tragédie ? Quelle est la cause de la colère de l'épouse du chef de l'État ? Elle a du caractère, on le sait, plutôt mauvais, on le sait aussi, mais il faut un motif grave pour créer une telle situation. Ce n'est pas tous les jours que la maréchaussée erre dans la nature à la recherche de la première dame de France. On n'a même jamais vu ça. La double vie du président serait-elle à l'origine d'une dispute plus sérieuse que les autres ? Mais qui peut croire que François Mitterrand aurait voulu démissionner à cause d'une querelle de ménage ? L'explication est trop triviale pour un acte aussi lourd de conséquences. Il faut aller dans une autre direction. Qui dans le cercle familial comptait pour le président au point de le faire renoncer ? Qui avait assez d'importance à ses yeux pour qu'il décide de tout plaquer et de partir en faisant semblant d'être malade ? Un seul nom s'impose à ceux qui faisaient partie de sa garde rapprochée et qui possédaient les clés ouvrant les tiroirs secrets de cet homme compliqué : Mazarine.

La jeune fille qui avait alors seize ans traversait une crise de reconnaissance. Elle était en conflit avec ses parents comme la plupart des adolescents de cet âge mais pour des motifs touchant à son statut d'enfant naturel. Elle se rebellait contre la vie qui lui était faite depuis sa naissance. Elle en voulait à son père de la maintenir dans une semi-clandestinité et à sa mère d'accepter cette situation. Elle voulait partir pour vivre seule, indépendante, rompre avec les mensonges et la dissimulation. Le président était déchiré. Il ne supportait pas l'idée d'être séparé de l'être qu'il plaçait au-dessus de tous les autres. Les récriminations de Danièle étaient secondaires mais elles survenaient au mauvais moment. L'entourage élyséen était au courant. On comprenait qu'elle faisait peser sur le président une menace permanente et on devinait qu'il s'agissait de l'autre vie, l'autre famille ignorée de personne. La conjonction des deux révoltes, celle de la fille et celle de l'épouse, rendait la situation intenable. François Mitterrand avait été sur le point de craquer. C'était sa vie privée qui ne regardait personne, pourrait-on rétorquer, sauf que cette péripétie l'obsédait et prenait le pas sur les affaires du pays. Sans compter qu'elle aurait pu déboucher sur la convocation de quarante millions d'électeurs appelés à se choisir un nouveau président.

5

L'histoire est belle comme le prénom de l'héroïne, Mazarine, née deux fois : en 1974 lorsqu'elle vint au monde à Avignon et en 1994 quand elle sortit de l'ombre. Elle fut le dernier grand amour de François Mitterrand. Son soleil, son réconfort, sa fierté. Qu'il l'ait désignée comme « légataire moral » montre en quelle estime il la tenait. Mazarine a été élevée dans le goût des arts par sa mère, conservateur du département sculpture au musée d'Orsay, tandis que son père lui faisait partager sa passion pour la littérature et l'Histoire. Le secret dans lequel elle a longtemps vécu a créé un lien très fort avec ses parents. Une complicité rare l'unissait à son père. Mais quand elle devient adulte, le passage de l'ombre à la lumière se fait difficilement. La frustration est devenue insupportable. François Mitterrand aimerait montrer sa fille qui fait de brillantes études, Mazarine ne veut plus être l'enfant de la main gauche, condamnée à l'effacement. Elle a pourtant droit aux égards réservés aux membres de la famille présidentielle puisque deux gardes du corps l'accompagnent et qu'elle se déplace dans une voiture appartenant au parc automobile de l'Élysée. En outre, elle vit avec sa mère, quai Branly, dans un immeuble dont les appartements sont des logements de fonction réservés aux principaux conseillers de la présidence. Elle connaît aussi les plaisirs et les avantages des déplacements présidentiels lorsqu'elle accompagne son père dans des voyages privés ou même officiels en France. Elle était avec lui, par exemple, à l'ouverture des jeux Olympiques d'hiver à Albertville. Dans ces cas-là, elle était prise en charge par l'un des confidents du président – Rousselet, Pelat, Raillard, Grossouvre, Salzman, Charasse, Badinter jouèrent souvent les « baby-sitters » –, qui s'occupait d'elle pendant la durée de la cérémonie qu'elle suivait à une distance calculée pour éviter de figurer sur les photographies dans le champ présidentiel. À Villacoublay, il n'était pas rare de voir Mitterrand, revenant d'un voyage officiel, descendre d'un avion pour remonter aussitôt dans un autre où l'attendaient Mazarine et sa mère. Ils partaient alors passer le week-end dans le Midi ou ailleurs.

Il ne manque pas d'anecdotes pour illustrer la vie semi-officielle, semi-clandestine de Mazarine. Celle du chat qu'elle avait recueilli lors d'une visite de son père dans une ville de province est belle. Au moment du départ, dans l'hélicoptère, le chaton affolé par le bruit s'échappe des bras de Mazarine et prend la fuite. Recherche rapide et infructueuse, bouderie de la fillette, impatience du père qui, comme d'habitude, est en retard. Finalement, le départ a lieu sans l'animal qui sera retrouvé un peu plus tard. Un hélicoptère militaire ira le chercher le lendemain pour le ramener à Paris.

Mazarine est apparue pour la première fois dans un dîner officiel en octobre 1994 lors de la visite à Paris de l'empereur du Japon. Elle allait avoir vingt ans. François Mitterrand desserrait les liens qui retenaient sa fille. Il entrebâillait la porte de la cage. Il assouplissait les consignes qu'il s'était imposées pour la protéger de la curiosité des médias. Maintenant, elle venait parfois le rejoindre le mercredi après le Conseil des ministres au restaurant où il déjeunait avec quelques collaborateurs. Elle arrivait seule, avec sa mère ou avec des copains d'études. S'ils étaient nombreux, le président faisait réserver un petit salon où il trônait au milieu de cette jeunesse éblouie par son talent et sa culture. Il était heureux. Il acceptait d'elle ce qu'aucun autre de ses proches n'aurait osé. Elle lui parlait brutalement lorsqu'il s'agissait de sa maladie parce qu'elle considérait qu'il n'était pas assez persévérant, qu'il n'allait pas au bout de ses choix. C'était l'époque où il passait d'un médecin à l'autre et elle estimait que ses hésitations et ses volte-face étaient néfastes à sa santé. Elle n'était pas la seule à le penser mais elle était la seule à le lui dire parfois avec dureté. Dans ces moments-là, il ne pouvait soutenir son regard où il lisait comme un défi. Il avait une dette envers elle, un devoir d'amour. Entre eux ce n'était qu'une tendre guerre qu'il lui laissait souvent gagner. Son influence était devenue bien plus grande que celle de tous les membres de « l'autre » famille, l'officielle. Danièle, sa sœur Christine, ses deux fils, Robert Mitterrand et ses sœurs se risquaient parfois à émettre un avis ou un conseil que le président écoutait sans les interrompre d'un geste de la main comme il faisait avec les importuns. Mais ils n'osaient aller plus loin, aborder le fond ; c'était le privilège de Mazarine.

François Mitterrand n'a jamais dit à Claude Gubler qu'il avait une fille. Il envoyait son médecin voir une amie qui avait une enfant malade... Gubler se souvient qu'au début, sa mère ne l'appelait pas Mazarine devant lui mais Marie. Un écran de fumée supplémentaire sans doute... Plus tard, il entendit parler de « Maza ». Il mit plusieurs années à apprendre que l'enfant était la fille naturelle du président. C'est Laurence Soudet qui le lui avait révélé. Cette proche du chef de l'État, chargée de mission à l'Élysée, a détenu pendant des années un document reconnaissant Mazarine et devant être rendu public en cas de malheur. L'appartement du quai Branly qu'occupaient Anne Pingeot et sa fille était officiellement celui de Laurence Soudet.

En voyage à l'étranger, le président demandait à son médecin : « Que peut-on rapporter d'intéressant de ce pays ? Regardez et dites-le-moi. » Le soir, Gubler lui montrait ce qu'il avait acheté pour ses enfants, des petits bijoux, quelques objets de modeste valeur. D'un ton détaché, Mitterrand lui en commandait plusieurs et Gubler n'était pas censé savoir qu'ils étaient destinés à Mazarine ou même à sa mère, autour du cou de laquelle le docteur reconnut plus tard l'un de ses achats... Il fallut attendre 1992 pour que Claude Gubler put rencontrer ensemble le président et sa fille et prendre la mesure de leur étroite complicité. Deux jours après sa sortie de l'hôpital, en septembre, le président l'avait invité à dîner à l'Élysée. Danièle était encore en Amérique du Sud. Mazarine était là mais personne ne l'a présentée. Durant le dîner servi dans les jardins du palais, le père et la fille se sont livrés avec amusement à ces jeux de l'esprit où l'on fait semblant de s'opposer pour le plaisir de la conversation. On les sentait très proches l'un de l'autre. Elle l'appelait « papa ».

Toutes ces cachotteries qui faisaient jaser l'entourage créaient des situations que le tact et l'astuce ne suffisaient pas toujours à gérer. Il était beaucoup demandé à des collaborateurs dont la mission ne consistait pas à couvrir « l'adultère national » et ses conséquences. On n'apprend pas le funambulisme à l'ENA ou à la faculté de médecine. Pourtant il fallait faire face comme le montre la scène qui va suivre, révélatrice du climat élyséen. À l'origine il y a la colère du général Laverdant qui téléphone à Claude Gubler pour se plaindre des méthodes du GSPR. Il déplore « qu'on ne l'ait pas prévenu lorsque la petite fille du président a été hospitalisée au Val-de-Grâce pour une blessure provoquée par un coup de pied de cheval ». L'histoire serait sans suite si Claude Gubler allant voir Danièle Mitterrand le lendemain dans son bureau ne commettait l'erreur de lui parler de l'incident : « C'est quand même inouï que la Sécurité ne prévienne pas Laverdant quand vos petites-filles ont un problème ! » L'épouse du président tombe évidemment des nues et demande des explications. Elle exige de Gubler qu'il appelle le directeur du Val, tout de suite, là, devant elle. Elle entend le médecin répéter le récit de l'accident à Laverdant qui, comprenant la méprise, dit à Gubler : « Comment, vous ne savez pas que le président a une fille ? » Gubler ne sait pas comment se sortir du quiproquo. Dans son dos, Danièle s'impatiente : « Mettez le son que j'entende la réponse de Laverdant ! » Gubler n'en fait rien et bredouille : « Ah oui, oui, j'ai compris, c'était à Latche. Bon d'accord, merci général... » Il raccroche et dit à

Danièle : « Cela s'est passé à Latche. Une de vos petites-filles monte bien à cheval ? » Danièle acquiesce et n'insiste pas.

La vérité était que Mazarine avait été blessée au manège de l'École militaire à Paris où elle montait régulièrement. Les hommes du GSPR qui ne la quittaient jamais l'avaient conduite au Val-de-Grâce où elle avait été soignée sous une fausse identité. Mazarine était encore une enfant et Laverdant, tout naturellement, avait parlé d'une « petite-fille ». Évidemment, Danièle Mitterrand a toujours su l'existence de Mazarine, dès la naissance de celle-ci. Lors de l'anecdote sur l'accident de cheval, elle avait vite compris, mais elle avait voulu aller jusqu'au bout, d'une part, pour mettre dans l'embarras les complices de cette tromperie permanente dont elle souffrait et, d'autre part, pour savoir, pour saisir au vol un morceau de cette vie qui lui était étrangère tout en étant si proche. Tous les acteurs de ce mauvais vaudeville jouaient faux et le savaient, un peu honteux du rôle qu'on leur faisait tenir, écrasés par l'hypocrisie ambiante.

L'opération Mazarine, c'est-à-dire la publication par *Paris Match* en novembre 1994 des photos de la jeune fille, a été conduite avec la même hypocrisie. Deux ans après cette parution qui officialisa l'existence de la fille naturelle du président et libéra tous ceux, très nombreux, qui n'osaient pas en parler, il n'est pas besoin de faire un sondage pour savoir que la majorité des Français croit à un accord entre François Mitterrand et l'hebdomadaire. L'ambiguïté de l'un et l'habileté de l'autre ont contribué à réaliser cette supercherie, exemple bénin de désinformation. Depuis des années, plusieurs quotidiens et hebdomadaires brûlaient de l'envie de sortir l'affaire Mazarine. Ils en avaient les moyens par l'écrit ou par l'image. Mais ils n'osaient pas. Plus par crainte de choquer une partie de leur lectorat et d'indisposer le pouvoir qu'au nom d'une déontologie que l'on sait à géométrie variable. Une vieille pudeur latine a toujours retenu la presse française devant la tentation de révéler tous les aspects de la vie de nos dirigeants. Une frontière ne devait pas être franchie dès lors que la vie privée, aussi tumultueuse soit-elle, n'avait pas d'incidences sur la vie publique. La chasse aux mensonges ne se pratique chez nous que pour les questions d'argent, au contraire des Anglo-Saxons qui fouillent sans retenue sous le lit et dans la salle de bains des politiques. Pourquoi la vie privée ne serait-elle pas partie prenante du caractère qui permet de juger l'homme public ? N'est-elle pas curieuse cette règle selon laquelle celui-ci ne serait responsable de ses actes qu'aux heures ouvrables ? Déjà, en 1973, Pierre Viansson-Ponté répondait à cette question dans *Le Monde* : « La politique et les déclarations d'un chef d'État ne peuvent être appréciées en faisant abstraction de ses humeurs, de son caractère, de son état moral et physique. C'est l'homme tout entier, et non le personnage protocolaire qui a été élu. »

Si *Paris Match* ou un autre journal avait lâché le scoop quelques années plus tôt, en 1988 par exemple, lorsque François Mitterrand faisait à nouveau acte de candidature, la situation aurait été tout autre. Mais il aurait fallu du courage, oublier la révérence naturelle des médias à l'égard du pouvoir, affronter un homme en pleine possession de ses moyens. Tandis qu'à la fin de l'année 1994, quand le président était au plus mal, que sa femme était à l'hôpital et relevait d'une opération à cœur ouvert, le risque était nul. C'était une lâcheté que personne ou presque n'a relevée parce que l'accord de l'intéressé paraissait acquis. On ne trouvait rien à redire puisque l'initiateur de l'événement semblait être le président lui-même. Sauf que le scénario supposé n'était qu'un trompe-l'œil. La version authentique de la « négociation » entre le président et l'hebdomadaire est différente.

En octobre 1994, deux photographes indépendants, anciens de *Paris Match*, spécialistes de la traque de célébrités et auteurs de scoops à sensation, vendent à l'hebdomadaire une série de photos prises du toit de l'aérogare des Invalides, montrant François Mitterrand avec Mazarine et Anne Pingeot à la sortie d'un restaurant. Le sujet est monté sur une maquette provisoire de six pages car le directeur, Roger Thérond, souhaite le montrer au chef de l'État avant publication. Il charge le journaliste Stéphane Denis de la démarche pour le moins équivoque. Veut-il savoir ce que Mitterrand en pense, souhaite-t-il obtenir son feu vert ? Denis fait passer les photos au président par l'intermédiaire de Paulette Decraene, l'une de ses secrétaires particulières. Elles lui reviennent avec pour seul commentaire : « Vous faites ce que vous voulez. » Ni feu vert ni feu rouge. Sur ce point, Mitterrand reste fidèle à son engagement : il ne dictera pas sa conduite à la presse, il n'empêche rien et ne poursuivra pas davantage. De plus, il devine le piège. Roger Thérond est satisfait : le feu orange qu'il fait semblant d'avoir reçu lève ses derniers scrupules...

La suite se passe dans la chambre de François Mitterrand qui reçoit couché Roland Dumas et Anne Lauvergeon. Le président leur raconte l'histoire des photos et se plaint : « C'est à ma vie privée qu'ils s'attaquent maintenant ! Ils auraient pu attendre que je sois mort ! » Roland Dumas propose sa médiation. L'ex-ministre des Affaires étrangères rappelle sa connaissance des milieux de la presse et des journalistes dont il a été souvent l'avocat. Mitterrand accepte : « Dites-leur que je ne veux pas que ces photos soient publiées... » Le témoignage est de Roland Dumas, confirmé par Anne Lauvergeon. Ensuite, le ministre-avocat-ami personnel du président entreprend de joindre la direction de *Paris Match*. Il appelle Daniel Filipacchi qui est aux États-Unis, Roger Thérond qu'il ne joint pas non plus, et finalement déjeune avec Franck Ténot, vice-président du groupe. Ce dernier promet de ne rien faire paraître dans l'immédiat : « Les photos sont dans un coffre, nous n'y toucherons pas. » S'ils devaient changer d'avis, ils préviendraient le président. « Bien sûr, conclut Dumas, un mois plus tard ils les publiaient sans nous le dire. » L'ancien ministre avait demandé le report en faisant valoir que « la petite » – c'est ainsi que ceux du premier cercle appellent Mazarine – était perturbée par son examen d'entrée à l'École normale supérieure (qu'elle réussira brillamment), que c'était une période capitale pour sa vie, etc.

Le mercredi 2 novembre, Hubert Védrine reçoit *Paris Match* au moment où il doit partir en voiture avec le président pour assister à une cérémonie dans la banlieue parisienne. À l'aller, le secrétaire général de l'Élysée se garde bien de montrer à François Mitterrand l'hebdomadaire qu'il a glissé dans sa poche. C'est au retour qu'il met le journal sous les yeux du président. Celui-ci devient blême de rage et s'exclame : « Ces gens n'ont pas de parole ! »

Les auteurs des photos touchent le jackpot : plusieurs centaines de milliers de francs, plus un franc par numéro vendu au-dessus du tirage habituel, qui sera très largement dépassé (plus de trois cent mille en deuxième impression). La semaine suivante, *Paris Match* ironise dans un éditorial non signé sur les gémissements des hypocrites ou des envieux qui ont critiqué le reportage et argumente que c'était le président qui, en quelque sorte, avait donné le signal puisque depuis plusieurs mois il associait sa deuxième famille à ses activités officielles. N'a-t-il pas emmené avec lui, dans sa suite, en Afrique du Sud, un jeune homme prénommé Ali qui est le petit ami de Mazarine ? Celle-ci n'a-t-elle pas participé à un dîner officiel à l'Élysée ? Mitterrand réagit et dicte par téléphone à Anne Lauvergeon un communiqué pour l'AFP précisant que sa fille ne l'avait jamais accompagné dans un voyage officiel – plusieurs journaux avaient affirmé le contraire – et qu'il n'y avait pas eu la moindre connivence entre *Paris Match* et lui. La parade est faible. En face des innombrables commentaires provoqués par les photos de « la petite », le communiqué ne fait pas le poids et ne peut inverser le courant. Mitterrand, à cette époque, va très mal et se bat sur un autre front. Le créneau choisi par l'hebdomadaire pour lâcher l'affaire Mazarine était idéal, le coup imparable. Le président ne voulant pas faire saisir le journal – l'idée lui avait pourtant été suggérée –, seule Mazarine aurait pu entreprendre une action en justice, car sa mère Anne Pingeot, bien que figurant sur les photos, n'était pas citée dans les légendes et ne pouvait donc attaquer. Mais ne serait-ce pas donner un surcroît de publicité et augmenter le traumatisme redouté ? Le piège était parfait, l'impunité quasi assurée. Voilà l'histoire vraie de la deuxième naissance de Mazarine.

Elle a finalement satisfait François Mitterrand, ce qui ajoute à la confusion recherchée. Il était à la fois soulagé et fier. Il n'avait pas souhaité ce qui s'était passé mais il en sortait apaisé. Comme pour le secret sur son cancer, il ne savait pas comment lever celui de sa fille. Cela s'était fait à son insu et, en prime, l'opinion dans l'ensemble l'avait bien accueilli. Ses services s'étaient amusés à faire réaliser un sondage pour en mesurer l'impact et la cote présidentielle était remontée auprès des jeunes. Rencontrant des journalistes quelques jours plus tard, Mitterrand leur avait lancé ironiquement : « J'espère que vous allez me trouver encore une ou deux autres filles naturelles !... » Le coup de pied de l'âne, il l'avait gardé pour ses gardes du corps. Leur montrant le fameux numéro de *Paris Match*, il leur avait demandé : « Et si à la place d'un appareil photo, il y avait eu un fusil à lunette ?... »

6

La mécanique intellectuelle de François Mitterrand très sophistiquée était servie par une organisation artisanale dans laquelle l'intéressé se complaisait. Avait-il voulu que son activité vichyssoise soit racontée par un auteur réputé sérieux dans un livre à succès et que sa fille fasse brusquement la une des journaux ? Personne ne le saura jamais. Comme on n'a jamais su l'entière vérité sur un épisode qui remonte à juin 1983. Dans un entretien accordé à Philippe Bauchard, et publié dans *Témoignage chrétien*, Mitterrand avait parlé de la situation économique en des termes inédits qui firent beaucoup de bruit. Le président confessait son erreur de ne pas avoir dévalué dès mai 1981 ; il avouait que ses amis et lui avaient été grisés, qu'ils avaient un peu rêvé et qu'il avait dû se battre en 1982 pour imposer à certains ministres une politique de rigueur. Jamais il n'avait été aussi loin dans l'aveu d'erreurs passées. Évidemment l'Élysée avait démenti, arguant qu'il s'agissait d'une conversation « off » n'étant pas destinée à la publication. En coulisses, cependant, un conseiller du président concédait que celui-ci avait très bien pu donner le feu vert au journaliste sans que personne de son entourage ne le sache.

Pendant une dizaine d'années, Mitterrand a dit à Claude Gubler qu'il faudrait dire un jour la vérité mais il a laissé passer les occasions de le faire. Il est possible que son médecin n'ait pas su capter les signaux qu'il lui avait lancés en telle ou telle circonstance. Il n'était peut-être pas l'homme d'une telle situation auprès d'un malade à l'esprit aussi tortueux. Avec beaucoup d'indulgence, Laurent Fabius a tenté (*Les Blessures de la vérité*, Flammarion) de trouver la « vraie clef » de François Mitterrand. Il a préféré le mot ambivalence à celui d'ambiguïté qui lui semblait plus ordinaire, ou encore duplicité jugé trop médiocre. Pour l'ancien Premier ministre, il s'agit d'une « ambivalence fondamentale, métaphysique, qui le fait considérer toute chose comme à la fois elle-même et son contraire, toute personne à la fois bonne et mauvaise, toute situation comme simultanément tragique et pleine d'espérances ».

Pour Claude Gubler, la vérité est plus prosaïque. Mitterrand aimait ce qui leurre, ce qui brouille la réalité. Chacun possède son jardin secret caché derrière une porte. La particularité du président était d'avoir parfois laissé croire à quelques-uns qu'ils s'approchaient de celle-ci alors qu'ils découvraient seulement l'un des nombreux accès à son labyrinthe. Gubler pense à ces galeries des glaces comme on en trouve dans les fêtes foraines qui, à l'infini, multiplient l'image. Il se souvient de la visite de la Vallée des Rois où Mitterrand s'était fait expliquer la motivation des architectes égyptiens dans la savante construction des fausses chambres des pharaons ou des couloirs ne menant nulle part. Ces génies du faux-semblant le fascinaient. Mais tandis que Jack Lang lui parlait art et technique, lui pensait secret, dissimulation, tromperie. Il avait eu la même fascination à Kyoto pour un dispositif de protection de la maison du shogun qu'on lui avait fait visiter. On l'appelle le « parquet des rossignols ». Tout autour de l'appartement central, celui du maître, le plancher en bois est composé de petites lamelles mobiles qui actionnent, si on les effleure, des soufflets produisant des sifflements d'oiseaux. Même un chat ne pourrait marcher sur ce parquet sans déclencher cette subtile alarme. Comment se protéger sans recourir à la force ? Pour François Mitterrand c'était un émerveillement ! Il était subjugué par la finesse des artistes japonais créateurs de ce chef-d'œuvre.

On a souvent évoqué l'indécision de François Mitterrand. Il s'en défendait en expliquant que s'il réfléchissait parfois longuement sur un dossier, il tranchait ensuite très vite une fois sa décision arrêtée. En fait, le plus déroutant chez lui était un comportement d'inertie voire de fuite. On sortait de son bureau avec des impressions plutôt qu'avec des certitudes. Il ne disait ni oui ni non, il laissait faire. Ses collaborateurs devaient comprendre, déchiffrer, ses vagues commentaires se terminant souvent par : « Voyez ça... » C'était la méthode dite du feu orange qui permet toutes les interprétations, qui laissait toutes les portes ouvertes, couvrait les erreurs, les siennes évidemment. Il l'utilisa jusque dans son testament : « Une messe est possible... »

Michel Jobert, ancien ministre et écrivain de talent, a parfaitement saisi la transformation opérée par le pouvoir sur Mitterrand : « Le personnage est devenu extravagant par sa froideur, l'extraordinaire distance qu'il met entre lui et son interlocuteur ; l'impassibilité du masque qu'il s'est mis sur le visage, une pose permanente, ses silences glacials ou, au contraire, ses monologues qui n'ont rien à voir avec le sujet abordé, sa façon qu'il a de ne jamais répondre aux questions, de fuir, de parler d'autre chose. À l'évidence, il s'est créé un personnage. Il s'est installé dans la gravité, se plaçant au-delà des problèmes qui assaillent le pays, imperméable à tout. » Michel Jobert en parlait ainsi dès 1982.

Les autres changent, eux aussi. Les intimes se demandent s'ils peuvent encore tutoyer le nouvel élu, les familiers n'osent plus s'approcher, les collaborateurs forment autour de lui une cour approbatrice. Roger Hanin, attentif au gestuel comme tout comédien, remarque que « plus personne ne le touche ». L'intéressé ne fait rien pour que les barrières tombent. Au contraire, il manie la récrimination, l'agacement. Il se plaint de tout et de tout le monde. La table de l'Élysée est la plus mauvaise de Paris, celles du Concorde ou des avions du Glam ne valent guère mieux ; ses collaborateurs, ses secrétaires, les ministres sont tous ou presque des incapables ou des imbéciles. Claude Gubler assiste à des scènes pénibles. Celle où il est question d'un labrador qui s'évade est mémorable.

Gilbert Mitterrand avait confié à son père, le temps d'un voyage, sa chienne Sixtine. Tout se passe bien jusqu'à ce que le président doive à son tour s'absenter et laisser l'animal aux soins du personnel de l'Élysée. À peine est-il parti que le chef de l'État est avisé par télex que Sixtine s'est échappée et a disparu. François Mitterrand est furieux et dès son retour il se précipite sur Hubert Védrine pour l'accabler de reproches dont le thème central est que décidément « cette maison n'était pas tenue... ». Le secrétaire général de l'Élysée qui, on le devine, avait d'autres soucis en tête, ne parvenait pas à calmer la colère présidentielle qui dura plusieurs jours. Sur ordre de Mitterrand, la Garde républicaine du palais avait été mobilisée, la police alertée, des avis de recherche diffusés. Tout le monde était sur le pont ! Sixtine fut retrouvée deux mois plus tard par une brave dame du quartier. L'histoire ne dit pas si elle reçut la Légion d'honneur en récompense...

La cause est entendue, François Mitterrand était devenu un monarque acrimonieux, mais sa maladie était-elle responsable de l'évolution de son caractère ? La réponse est évidemment positive. Comment imaginer que cette mort annoncée et désormais programmée ne puisse pas changer un homme aussi psychiquement fort soit-il ? La lutte entre l'abattement et l'espoir est quotidienne. La pression ne se relâche jamais. Les examens réguliers rythment le baromètre du moral. L'imprégnation thérapeutique modifie l'organisme. Elle aggrave la vulnérabilité de l'individu que son corps trahit. Il se rebelle contre la soumission à cette autorité chimique. Les effets sont multiples : irritabilité, voix dont le timbre s'assourdit, peau qui s'affine et devient ivoirine. Pour un homme public dont la vie se déroule sous l'œil des caméras, le drame ne peut plus être intime.

C'est un malade qui nous gouverne. Sa prédilection pour la visite des cimetières, ses soliloques sur la mort qui datent de bien avant sa maladie vont s'amplifier. Ses voyages en province sont souvent l'occasion d'honorer ses chers disparus. Il assiste à de nombreux enterrements, se rend au chevet des mourants. Il n'y a pas de hiérarchie dans sa compassion. Un ancien ministre, le propriétaire du Vieux Morvan à Château-Chinon, un camarade de stalag ou le directeur d'un golf où il jouait parfois profitent de son attention bienveillante. Il veille à ce qu'ils soient bien soignés, à ce qu'ils ne manquent de rien, il fait décorer ceux qui ne l'étaient pas, malgré son emploi du temps, ses voyages, son propre combat. Certes, la plupart du temps, son rôle se limite à donner des instructions, mais cette touchante sollicitude n'est pas courante au sommet du pouvoir où le cynisme règne. Quand il revenait de voir son ami Franceschi qui se mourait d'un cancer, il était bouleversé : « Je ne veux pas finir ainsi avec des tuyaux, des machins... Promettez-moi de me l'épargner », demandait-il à Gubler.

Il n'y a rien de morbide dans la curiosité de François Mitterrand pour ces couloirs de la mort que sont les hôpitaux. Sa démarche résultait d'une recherche intellectuelle. Au sens noble, il était passionné par la mort et l'au-delà. Il était devenu un vieux monsieur qui arrive au bout du chemin et qui pose de graves questions. Voit-on la mort arriver ? Se produit-il « quelque chose », un déclic ? Est-on lucide jusqu'au bout ou bien la nature nous protège-t-elle, permettant de « passer », comme on disait jadis, sans s'en apercevoir ? Sur un autre plan, la connaissance prépare-t-elle mieux à la mort ? Où puise-t-on le courage de bien mourir ? Dans la religion ? Il allait voir Jean Guitton, écrivain et philosophe, nonagénaire, pour lui demander son opinion de croyant.

« Le président se demande maintenant si les croyants arrivent plus sereins face à la mort », explique Marie de Hennezel, psychologue dans une unité de soins palliatifs. « Y a-t-il un lien entre la foi et la sérénité ? » François Mitterrand a préfacé son livre (*La Mort intime*, Robert Laffont). « Nous vivons dans un monde que la question effraie et qui s'en détourne, écrit-il. Des civilisations, avant nous, regardaient la mort en face. Elles dessinaient pour la communauté et pour chacun le chemin du passage. Elles donnaient à l'achèvement de la destinée sa richesse et son sens. Jamais, peut-être, le rapport à la mort n'a été si pauvre qu'en ces temps de sécheresse spirituelle où les hommes, pressés d'exister, paraissent éluder le mystère ». Mitterrand n'en finissait pas de flâner au bord du Styx.

Dans ses interrogations métaphysiques, ne figurait pas le suicide. Pour lui, c'était autre chose, un acte de courage, qui relevait tout de même de la confusion mentale, une sorte de non-sens. Le suicide appartient à l'irrationnel et ça ne l'intéressait pas. Or, en l'espace d'un an, le hasard a voulu que dans son entourage deux hommes se soient donné la mort, Pierre Bérégovoy, le 1er mai 1993, et François de Grossouvre, le 7 avril 1994. François Mitterrand est pris à contre-pied dans ses réflexions par ces deux tragédies dont il porte – il le sent, il le sait et on l'en accuse – une part de responsabilité, ce qui le tourmente.

Le suicide de Pierre Bérégovoy a ému la France entière. Le Premier ministre était un homme intègre qui avait seulement commis une faute : accepter d'un ami un prêt sans intérêts pour s'acheter un appartement dans le XVIe arrondissement dont sa femme rêvait. Il avait été victime à retardement de ses origines ouvrières en cédant par vanité à la fréquentation de gens aux valeurs différentes des siennes. À l'Élysée, à Matignon, aux Finances il avait encore du cambouis sous les ongles. Il jouait dans la cour des grands, lui qui n'avait pas été plus loin que les préaux de la communale. Il ne se sentait pas inférieur aux énarques qu'il avait sous ses ordres mais il n'avait jamais pu se départir du complexe du Petit Chose. À la Lanterne, à Versailles, résidence secondaire des Premiers ministres, certains d'entre eux avaient fait procéder à des travaux convenant à leurs goûts ou mode de vie : Laurent Fabius, un tennis, Édith Cresson, une piscine. Pierre Bérégovoy, lui, avait apporté sa table de ping-pong... Ce détail résume l'homme profondément honnête que les railleries et les accusations outrancières crucifiaient.

Claude Gubler avait senti que, comme lui, Bérégovoy était seul dans ce milieu politique où la modestie et la simplicité ne sont pas des qualités appréciées. En ce début d'année 1993, le médecin qui navigue toujours en solitaire cherche des appuis moraux dans la perspective des orages qui s'amoncellent sur la santé du président. Il demande au Premier ministre de le rencontrer en tête-à-tête. Il va le voir à Matignon et lui parle de l'état de François Mitterrand et des suites de sa première opération. Il lui explique que parmi les hypothèses envisageables, la démission du président n'est pas à exclure. Il lui promet de le tenir informé si la situation s'aggrave. Jamais jusque-là, Gubler n'avait pris une telle initiative, révélatrice de son désarroi.

À Nevers, aux obsèques de Pierre Bérégovoy, les Français médusés verront François Mitterrand, les yeux brouillés par les larmes, et entendront sa voix brisée par l'émotion lancer l'anathème contre « ceux qui ont pu livrer aux chiens l'honneur d'un homme, et finalement sa vie ». Il n'empêche que le président a été soupçonné d'avoir ignoré la détresse morale de ce serviteur fidèle pour lequel il n'avait jamais manifesté beaucoup de considération.

Le même scénario se reproduit avec François de Grossouvre que l'on retrouve avec une balle dans la tête dans son bureau de l'Élysée. Spectacle d'horreur : du sang jusqu'au plafond, des débris crâniens sur le tapis. C'est la panique à l'Élysée ! C'est la première fois dans l'histoire de la République qu'un collaborateur du chef de l'État se donne la mort dans le palais présidentiel. François Mitterrand qui dîne dans ses appartements privés est informé par son directeur de cabinet. Claude Kalfon, médecin militaire, fait le constat du décès. La balle mortelle provient d'un 357 Magnum appartenant à la victime collectionneur d'armes. Elle a été tirée vers 19 heures mais le drame est découvert une heure plus tard. Ce n'est donc pas le bruit de la détonation qui a alerté la Sécurité. À cette heure-là, il n'y a presque plus personne dans les bureaux dont les portes sont capitonnées et qui sont éloignées du couloir par une antichambre. Dans l'affolement quasi général, quelqu'un suggère de faire sortir discrètement le cadavre de l'Élysée et d'aller le porter au domicile du suicidé. Le scandale serait ainsi évité. Mais il y a trop de témoins pour que le secret puisse être gardé. Qui a eu cette idée ? Selon Paul Barril c'est le président lui-même qui en aurait donné l'ordre. Le gendarme-écrivain est tout aussi catégorique bien que sans preuves, lorsqu'il écrit que Grossouvre a été assassiné parce qu'il s'apprêtait à faire des révélations tous azimuts dans un livre déjà proposé à un éditeur. Celui-ci, que l'auteur a rencontré, se souvient d'avoir discuté de souvenirs d'enfance et de Résistance avec Grossouvre qui doutait lui-même de l'intérêt de ses écrits.

Dans l'univers de Mitterrand, cet homme étrange qui se complaisait dans le secret occupait depuis trente ans une place particulière. Conseiller pour les affaires dites réservées, police, services spéciaux, diplomatie parallèle, émissaire officiel ou officieux du président dans les pays arabes et africains. Une sorte de Foccart de gauche, qui savait beaucoup de choses. Il était aussi le « ministre de la vie privée » de Mitterrand selon la formule du *Sunday Times* de Londres, le fournisseur d'alibis, le protecteur des amours cachées. François de Grossouvre possédait une propriété à Lusigny dans l'Allier où la « deuxième famille » de Mitterrand venait passer des week-ends ou des vacances et où Mazarine pouvait faire du cheval. Il occupait lui aussi un appartement de fonction 11, quai Branly, et sa voisine du dessous était Anne Pingeot.

Tel était François de Grossouvre, « garde du cardinal » selon Barril qui l'appelle aussi « général en chef d'une nouvelle armée de l'ombre », passé du rôle de confident indispensable à celui de gêneur encombrant et qui en est mort. Lorsqu'il s'est suicidé, l'énigmatique Grossouvre n'exerçait plus de fonction réelle à l'Élysée. Il était encore président du Comité des chasses présidentielles, une charge honorifique à laquelle il donnait une importance démesurée (Jacques Chirac l'a supprimée depuis). Il avait cependant conservé toutes les attributions de son rang antérieur : bureau, secrétaire, voiture, appartement, garde du corps. François Mitterrand ne se débarrassait pas brutalement de ceux dont il n'avait plus besoin, collaborateurs ou amis. Il laissait les victimes de sa disgrâce dans l'attente d'une explication, dans l'espoir d'une réhabilitation. Il les laissait à leur désœuvrement. Grossouvre ne le supportait plus.

Il faisait antichambre, pendant des heures parfois, lui qui, au début du premier septennat, avait été l'un des rares à pouvoir entrer dans le bureau du chef de l'État à n'importe quelle heure, sans prévenir, après avoir frappé deux coups discrets à la porte. Cette vie où il faisait semblant d'être encore utile à celui qu'il avait tant admiré lui était devenue insupportable. Il se répandait en propos venimeux contre un entourage qu'il qualifiait de corrompu, avec une préférence, dans le choix de ses interlocuteurs, pour les journalistes qui haïssaient le président et dont il alimentait la chronique dévastatrice. Physiquement il ne tournait plus rond, il le confessait. C'était un naufrage et François Mitterrand avait détourné le regard.

Son suicide fut un énorme choc pour Mitterrand. Cette mort qui ne manquait pas de panache, donnée à quelques mètres de lui, dans l'enceinte sacrée du pouvoir, sans un mot d'adieu, était une provocation. Pendant longtemps, le chef de l'État a cherché une explication qui aurait dégagé sa responsabilité. Il a questionné Claude Gubler sur la démence sénile ou la maladie d'Alzheimer, sur l'importance chez l'homme de la chute brutale de la sexualité. N'avait-il pas lui-même un jour interpellé son médecin dans une phase d'un traitement particulièrement agressif : « Je ne veux pas devenir un hongre ! » Il citait ses dernières conversations avec Grossouvre et les confrontait avec l'opinion de son médecin pour conclure que son ami présentait bien les symptômes d'un mal qui justifiait son geste mortel. De toute façon, il refusait d'admettre que le suicide de son ami ait un rapport avec son propre comportement.

À cette époque, François Mitterrand glissait dans une indifférence totale à l'égard des autres. Tout était ramené à lui, à son état physique du moment. Il ressemblait à ce personnage d'un livre drôle et grave à la fois passé à côté du succès qu'il méritait, *Mémoires d'un vieux parapluie* (Éd. de Fallois, 1990). C'est l'histoire d'un président de la République, Mangin, qui entreprend de rédiger son journal intime dans lequel il s'observe diriger le pays. Cette occupation devient peu à peu son seul centre d'intérêt. Cette dérive l'éloigne de sa fonction et des autres qu'il décrit d'une plume assassine et désopilante, ses ministres, ses collaborateurs, ses maîtresses, ses amis d'enfance. Finalement, il s'en va, il prend la tangente, il disparaît sans rien dire, en sortant de l'Élysée par une porte dérobée. Mitterrand n'en était pas là mais comme Mangin « il sifflotait avant de commencer à passer la main ». J'avais eu l'impertinence de parler de ce livre dans *Paris Match* en établissant un parallèle entre ce héros imaginaire et notre président qui semblait laisser filer le temps. Quelques semaines plus tard, le croisant lors d'une cérémonie, il m'avait lancé sur un ton réprobateur : « Je vous ai connu plus rigoureux... » Je n'avais eu ni la présence d'esprit ni le temps de lui rétorquer que je pouvais lui retourner le compliment.

7

En médecine comme en politique, François Mitterrand créait des antagonismes. Il excellait dans l'art de mettre ses collaborateurs en concurrence. Jusqu'en 1990, Claude Gubler avait échappé à ce jeu pervers. Pendant presque dix ans l'organisation quasi clandestine qui a veillé sur la santé du président a bien fonctionné. Derrière le Pr Steg il y a les services de santé des Armées, Joëlle Govin, l'infirmière qui depuis le premier jour fait tous les prélèvements, et Claude Gubler, le coordinateur, le seul à être en contact permanent avec le président. Pour faire face à la situation, le médecin a dû abandonner son activité professionnelle. Puisque depuis fin 1981 il doit suivre le président dans tous ses déplacements officiels, ce qui n'était pas prévu à l'origine, il ne pouvait plus garder sa clientèle privée et ses responsabilités en clinique. Il n'avait plus qu'un seul patient domicilié à l'Élysée. Il avait fallu résoudre le problème que ce bouleversement impliquait sur le plan matériel – car le médecin traitant du chef de l'État n'est pas appointé. Gubler recevait seulement des mains du directeur de cabinet une enveloppe mensuelle contenant une somme destinée à couvrir ses frais et ses achats médicaux. Il avait donc cherché un point de chute dans la fonction publique. Il était entré d'abord au cabinet de René Teulade, président de la Fédération nationale de la Mutualité française où, à partir de 1983, il travailla notamment sur le dossier des soins palliatifs et de l'aide aux mourants. Ensuite, en 1986, il fut nommé inspecteur général des Affaires sociales par Georgina Dufoix, ministre de la Santé. Quatre ans plus tard, Claude Evin le placera à la tête de l'influente Commission de la Nomenclature, organisme régulateur des actes médicaux et paramédicaux. Simone Veil, en 1994, le reconduira dans cette fonction qu'il occupe encore. François Mitterrand n'avait que moyennement apprécié ces changements. Le nouveau pôle d'intérêt de son médecin qui le rendait plus indépendant de lui paraissait le contrarier. Par la suite, il prétextera parfois ses nouvelles activités pour ne pas l'associer à certaines initiatives. « Il n'est pas joignable », expliquait-il à ceux qui s'étonnaient de l'absence de Gubler, ce qui était faux.

C'est à la fin de l'année 1989 qu'un premier grain de sable vient dérégler la mécanique. Le général Laverdant découvre qu'un personnage nouveau s'est infiltré dans la suite présidentielle. Il s'agit du médecin-colonel Claude Kalfon qui a trouvé le moyen d'accompagner le président dans ses déplacements privés. Jusqu'ici François Mitterrand n'était suivi que par un ou deux membres de la Sécurité. Il n'y avait pas de médecin – Gubler ou un aspirant de l'Élysée – car on estimait qu'un voyage privé, en France ou à l'étranger, ne présentait pas les mêmes risques qu'un voyage officiel.

Comment ce modeste médecin militaire responsable de l'antenne médicale d'urgence de Villacoublay avait-il pu se glisser dans l'entourage du président ? Le responsable était le commandant Alain Le Carro, chef du Groupement de sécurité de la présidence de la République (GSPR), qui n'aimait pas Gubler et lui préférait un militaire au nom de l'efficacité. Dans un premier temps, il avait fait passer le colonel Kalfon pour un membre de son équipe. La vie à l'Élysée était aussi faite de ces petites magouilles qui permettaient à un officier de gendarmerie de déguiser un médecin en garde du corps. À l'Élysée, le GSPR était un État dans l'État, intouchable.

La protestation du général Laverdant provoque une première explication dans le bureau du directeur de cabinet, Gilles Ménage. Il est clair que le gendarme a outrepassé ses droits en se mêlant de la surveillance médicale du président sans en référer à ceux qui en avaient la charge. Cependant il est absous et Kalfon reste parce que Mitterrand en a ainsi décidé. Le chef de l'État aimait ce désordre qui déstabilisait ceux dont il commençait à se lasser. C'est à partir de cet épisode que l'étoile de Gubler commence à pâlir. Kalfon, en revanche, prend de l'assurance. Maintenant il joue au golf avec le président sur le parcours de Villacoublay. Il suit ses voyages privés avec la « deuxième famille », il s'attache aussi aux pas de Danièle Mitterrand, l'accompagnant dans ses visites d'hôpitaux ou de crèches.

Au bout de quelques mois, Kalfon propose la création d'un vrai service médical à l'Élysée pour remplacer l'organisation tournante des appelés du Val-de-Grâce. C'est une torpille contre le général Laverdant qui s'y oppose, ce qui provoque un nouveau conflit et une deuxième explication. Cette fois l'amiral Lanxade, chef d'état-major particulier du président assure l'arbitrage. En fait, l'amiral a pour mission de faire capituler avec diplomatie Laverdant, car Mitterrand exige que Kalfon reste à l'Élysée. Le départ à la retraite du directeur du Val-de-Grâce facilitera le dénouement. Quant à Gubler, il accepte cette cohabitation forcée à la condition de demeurer le seul médecin traitant du président. Le colonel Kalfon devient donc en juin 1991 directeur du service médical de l'Élysée, un poste qu'il continuera d'occuper après mai 1995. Toutefois, Jacques Chirac prit la sage décision de garder près de lui son médecin personnel, le généraliste Jacques Chassigneux. Car un médecin qui se met au garde-à-vous devant son patient, peut-il vraiment conserver sa liberté d'action et de jugement, peut-il échapper aux inévitables implications politiques accompagnant fatalement toute maladie du chef de l'État ? Tout dépend de ce que recherche le patient, hormis la compétence : franchise ou servilité ? Indépendance d'esprit ou conformisme ?

François Mitterrand était apparemment satisfait de l'avanie subie par Claude Gubler auquel, plus tard, il avait jeté avec un sourire de jubilation : « Alors, qu'est-ce que ça vous fait de ne plus être le seul médecin ? » Tout cela n'avait pourtant guère de sens puisque si l'influence de Kalfon grandissait, en revanche il ne savait toujours rien du passé médical du président. Ce dernier n'avait pas demandé qu'il fût initié au grand secret. Kalfon ignorait même que Mitterrand était sous anticoagulants. Lorsqu'il l'apprit, il s'est rué chez son supérieur hiérarchique le général Pierre Dali (qui avait succédé à Laverdant) pour protester en invoquant les dangers que ces mystères faisaient courir au président. Il avait raison, le pauvre colonel qui découvrait les méthodes mitterrandiennes. Il n'était pas au bout de ses peines !

Claude Gubler a continué donc à assumer seul le suivi médical du malade. L'entrée en scène de Kalfon n'avait rien changé sur le fond sauf que quelque chose était en train de se briser entre le président et son médecin du premier jour. Celui-ci n'avait plus l'exclusivité des petits déjeuners en tête-à-tête pendant les voyages. Kalfon s'interposait aussi dans les conversations à bâtons rompus sur tout et n'importe quoi, le miel de Cuges les chênes de Latche, le vent, les femmes. Sur ce dernier sujet, Gubler n'oubliait pas ce qu'un jour lui avait recommandé Charasse avec son parler cru : « Ne l'emmerde pas avec sa santé, fais comme moi, parle-lui de cul ! » Avec Kalfon, il était impossible de garder ce niveau d'intimité.

Un deuxième personnage allait bientôt aggraver le désordre : Robert Mitterrand, le frère aîné, le plus proche, le plus influent de la famille. Lui, il est dans le secret et il se mêle du traitement de son frère. En 1991, les médecins observent une légère aggravation de l'état de Mitterrand (l'adénome a grossi, la symptomologie s'accélère) et l'hypothèse d'une opération prend du poids. Robert incite François à demander l'avis d'un spécialiste américain. Il doute de la compétence des praticiens français depuis que l'un d'entre eux a raté son diagnostic le concernant. Car Robert a lui aussi un cancer de la prostate. Il est soigné depuis 1986 par le Pr Edson Pontes, urologue américain d'origine brésilienne, qui exerce à Detroit. Ce spécialiste de réputation internationale a raconté dans une interview à *Paris Match*, peu de temps après la sortie du *Grand Secret*, quelles avaient été ses relations avec l'ancien chef de l'État. Elles marquent le début de la lutte d'influence que vont se livrer les médecins autour du lit du malade.

L'urologue américain affirme avoir vu Mitterrand une dizaine de fois et l'avoir examiné physiquement à une reprise. Claude Gubler est formel : Pontes est allé à l'Élysée quatre fois et n'a jamais examiné le patient. Il le sait parce que c'est lui qui le cornaquait pendant ses séjours parisiens. Il l'accompagnait à son hôtel (Bristol ou Mayfair) et à l'Élysée ; il lui remettait le cadeau (un objet d'art) que le président lui offrait en remerciement pour ses services. En outre, Gubler a toujours été le seul détenteur du dossier du président avec tout l'historique de la maladie, les analyses, les examens, traitement, etc. Ce détail a rendu indispensable le docteur français tout au long des tribulations passées et à venir et en fait un témoin irréfutable. Rien ne pouvait se passer hors de sa présence et certains de ses éminents confrères n'ont pas toujours apprécié la soumission à ce généraliste qui n'était pas de leur niveau. Robert Mitterrand et sa femme Arlette entretenaient dans le cercle familial un climat de suspicion permanente à l'égard de Gubler. « Pensez-donc, persiflait Robert, il a même été recalé à l'internat ! »

François Mitterrand subit une première opération le 11 septembre 1992 à l'hôpital Cochin. La résection endoscopique réalisée par le Pr Steg se déroule dans de bonnes conditions. Bernard Debré, chef du service d'urologie, qui a assisté ès qualités à l'opération sans y participer, s'aventure à affirmer dans une première déclaration publique que « tout est bénin », alors que Steg et Gubler attendent que l'opéré soit redevenu lucide pour faire des commentaires. Le maintien du secret est encore leur préoccupation. Si l'examen des « copeaux » prélevés sur la prostate cancéreuse est fait à Cochin sous le nom de l'opéré, les résultats révéleront l'antériorité de la maladie. Mitterrand le souhaite-t-il ?

Steg et Gubler décident d'envoyer les prélèvements ailleurs sous une fausse identité, celle de l'invisible Xavier Carpentier, afin qu'on ne puisse remonter à la source. Le laboratoire confirmera que les lésions sont cancéreuses, il verra évidemment qu'il s'agit d'un cancer traité mais ne le notera pas dans son rapport parce que ce n'est pas ce qu'on lui demande. À qui confier cette mission secrète ? Dans ses relations professionnelles, Gubler connaît quelqu'un qui présente les qualités requises, la discrétion surtout. C'est le docteur Jean-Pierre Tarot qu'il appelle. « J'ai besoin que tu me rendes un service. Voilà ce qu'il faut faire... » Il lui donne rendez-vous au coin d'une rue où Tarot arrive aux commandes d'une grosse moto. Il lui remet les petits flacons renfermant les prélèvements que Tarot rapportera avec le compte rendu d'examen quarante-huit heures plus tard dans les mêmes conditions rocambolesques.

Jean-Pierre Tarot fit ainsi ses premiers pas dans

le cercle médical de François Mitterrand. Gubler avait fait sa connaissance quelques mois auparavant quand le président lui avait demandé de retrouver les coordonnées d'un médecin spécialisé dans la lutte contre la douleur, qui avait excellemment soigné son ami Jean Riboud. Il souhaitait l'envoyer assister une autre de ses relations – en l'occurrence le général Olivier, directeur du golf de Villacoublay – en phase terminale d'un cancer. Il s'agissait de Tarot que Gubler avait joint dans une clinique à Pantin. Les deux hommes étaient restés en contact. Quand Tarot eut des ennuis et chercha du travail, Gubler le fit entrer à la Commission de la Nomenclature et l'appela de temps à autre, à la demande de Mitterrand, pour tel ou tel de ses amis souffrants. Tarot n'avait jamais rencontré le président. Ce n'est qu'en novembre 1993 qu'il le verra pour la première fois afin de soulager ses douleurs dorsales. Il n'entra définitivement à l'Élysée qu'après la deuxième opération.

Comme prévu, Mitterrand n'autorisera pas ses médecins à révéler l'ancienneté de son cancer. En sortant de Cochin, il fanfaronne un peu et ironise sur les supputations relatives à sa capacité de poursuivre son mandat : « Ce n'est pas par là que se trouve le siège de la pensée... » Mais le bénéfice de l'opération va être vite oublié avec la reprise des troubles. Le président mesure qu'elle ne l'a pas guéri et que le mal s'aggrave. Il en conclut injustement que la médecine l'a trahi et que ses préventions contre le bistouri sont justifiées. Le changement sera brutal. Il devient plus irritable, plus agressif envers ceux qui n'avaient pas su lui éviter cette épreuve. En outre, dans la presse, les rumeurs pessimistes circulent. Il ne se passe pas de semaine sans que les salles de rédaction soient en état d'alerte sur un bruit, un pseudo-témoignage. Mitterrand a été hospitalisé d'urgence, il est mourant, il est déjà mort mais on en retarde l'annonce... L'une des fragilités de la presse est de céder trop facilement aux rumeurs sulfureuses, ce qui aggrave une propension fréquente à nier l'évidence si celle-ci contrarie le préjugé ou la suspicion. Souvenez-vous du cas d'Isabelle Adjani que l'on disait atteinte du sida, agonisante, et qui pour faire cesser l'odieuse campagne dut venir un soir au journal télévisé pour démontrer qu'elle était bien vivante. Malgré cela, il s'est encore trouvé, les jours suivants, des observateurs récalcitrants pour se demander si la comédienne en prenant toujours la même pose à l'antenne – une main sur la joue – n'avait pas caché une vilaine tache ! On sut par la suite que les informations calomnieuses la concernant avaient pour origine les milieux médicaux. Exactement comme pour François Mitterrand.

Face à cette situation, l'Élysée décide de réagir en lâchant quelques informations afin de calmer les esprits. Gubler devrait parler, suggère le service de presse. Le médecin est réticent car quelques mois auparavant il s'était fait copieusement engueuler par Mitterrand pour avoir participé à l'émission pourtant bien inoffensive de Patrick Sabatier, « Tous à la Une », sans lui en avoir demandé l'autorisation préalable. Mais Hubert Védrine insiste : « Il faut le faire même s'il s'y oppose ! » Dans quel journal doit-il s'exprimer puisque la presse écrite a été préférée à la radio ou à la télévision ? *Paris Match* est retenu et l'auteur de ces lignes reçoit un appel du secrétaire général de l'Élysée l'invitant à prendre contact avec Gubler.

L'interview qui fut publiée à la fin du mois de septembre 1992 est la seule accordée par le médecin de Mitterrand du temps de sa présidence. En un mot comme en cent, ce jour-là, Claude Gubler me ment effrontément et, à travers moi, il trompe des millions de Français. Qu'on en juge avec ces extraits :

QUESTION : Avec le président de la République, vous avez choisi et pratiqué la transparence médicale. Or, l'hospitalisation soudaine du chef de l'État et l'annonce qu'il souffre d'un cancer de la prostate ont suscité un certain nombre d'interrogations qui mettent en cause l'exactitude ou la pertinence des informations diffusées. Comment réagissez-vous à cette suspicion ?

RÉPONSE : Est-il juste que la presse se serve de cette transparence à des fins politiques ? Si c'est oui, les médecins vont sans doute être tentés de se replier sur eux-mêmes, se fermer à toute communication. La notion de transparence ne doit pas être prise par certains médias comme une nécessité d'inquisition. Elle serait forcément malsaine, car aboutissant à faire dire n'importe quoi par n'importe qui. On en arrive, pour des motifs de guerre politicienne, à vouloir montrer du doigt la mort de quelqu'un. Je m'interroge à deux niveaux. D'abord en tant que citoyen, et je trouve alors normal de savoir. La transparence me paraît saine. Tout le monde souhaite une information claire et non tendancieuse. Dans la situation présente, les médias ont-ils les moyens, y compris pseudo-scientifiques, d'affiner la vérité ? Dans notre société, il m'apparaît nécessaire de savoir si un chef d'État est apte à assumer ses fonctions, mais à quel niveau se situe cette aptitude ? En tant que médecin, je m'interroge. Imaginons un jour un président bien portant physiquement, mais développant une pathologie susceptible de modifier ses compétences intellectuelles, une névrose, une psychose, une insuffisance vasculaire cérébrale, que sais-je ? Est-ce à nous, médecins, de le dire ? Et que dire ? Il y a une problématique importante. Par ailleurs, que se passerait-il si un chef d'État ne voulait pas savoir ? Est-ce condamnable ?

QUESTION : François Mitterrand veut-il tout savoir ?

RÉPONSE : Il m'a dit un jour : « Promettez-moi de me dire tout. » Avec lui, je ne m'interroge pas. Dès 1981, tout fut clair. Si un jour, je dois lui dire quelque chose, je le ferai. Ça ne lui fait pas peur. Mais le problème que j'évoque dépasse le cas de François Mitterrand. Je le situe sur deux plans : les relations médecin-pouvoir-médias, et les relations éthique-transparence-inquisition.

QUESTION : S'il y a inquisition, n'est-ce pas parce qu'il y a doute sur la transparence ?

RÉPONSE : Échafauder toutes les hypothèses possibles est une nécessité, mais ne retenir que celles qui sont mauvaises, cela est plus tendancieux. N'oublions pas que tout médecin a toujours le souci de ne jamais divulguer à autrui quelque chose concernant son patient ; c'est la base de notre déontologie. Dans le cas présent nous nous forçons à exposer notre connaissance d'un être humain. Comment concevoir que nos propos soient quelquefois très déformés ? N'oublions pas que nous nous faisons violence pour communiquer. Nous avons pris avec ce patient privilégié qu'est le chef de l'État l'engagement de tout lui dire et de faire passer certains messages. Mais si cela doit devenir une description en huit pages, avec les plus infimes ou les plus intimes détails, c'est à mon sens ouvrir une porte à un dialogue insensé. La juste mesure, me semble-t-il, est d'apporter au public le ou les diagnostics possibles et les éléments de pronostic.

QUESTION : Aujourd'hui, la curiosité porte sur un autre point que le communiqué signé par vous et le Pr Steg n'éclaire pas. Le cancer de la prostate du président est-il à un stade initial ou à un stade avancé ?

RÉPONSE : Il faut décoder ce qui a été publié. Je crois que les spécialistes ont été tous très clairs. Il n'y a pas de métastases osseuses avec des phosphatases acides prostatiques (P.a.p.) normales.

QUESTION : Donc, c'est un cancer à son stade initial ?

RÉPONSE : Oui. Mais dois-je entrer dans tous les détails ? Dois-je dire que l'échographie préopératoire était normale ? Alors on va me demander de montrer les images pour connaître l'échostructure, la taille, le poids, etc. Après, ce sera autre chose. À partir du moment où on révèle tel ou tel élément clinique ou paraclinique, on va m'en demander toujours un de plus. On va ergoter. Chaque information entraîne une escalade. Imaginez l'avenir jusqu'en 1995 ! Cela me fait m'interroger sur le futur. Que devront dire les médecins des futurs chefs d'État ? J'irai peut-être les voir pour les prévenir : ne tombez pas dans une querelle pareille.

QUESTION : Que doit-on penser du bulletin de santé semestriel du 22 juillet dernier dans lequel vous affirmiez que tous les examens concernant le président étaient normaux ? Le jugez-vous fidèle ?

RÉPONSE : Bien sûr, il ne saurait être question de renier mon communiqué de juillet 1992. Il m'appartenait à cette époque de savoir si la banalité des signes observés chez un homme de soixante-quinze ans devait retenir mon attention et précipiter l'avis du spécialiste. Certes, la probabilité chez les hommes de cet âge de devoir subir une résection endoscopique n'est pas nulle, mais personne ne peut ni ne veut décider du jour où elle aura lieu. Que devais-je dire ? Notre rôle, à nous, médecins de chefs d'État, n'est pas d'alarmer l'opinion. Comme en matière de justice, nous devons avoir l'intime conviction que notre patient va bien, qu'il n'a rien, qu'il peut travailler. Je n'ai pas le droit d'être ni trop rassurant ni trop alarmiste. Il doit y avoir des limites dans l'information, non pour tromper l'opinion, mais pour empêcher les spéculations politiciennes.

QUESTION : Qui est le maître du communiqué médical ?

RÉPONSE : Le patient, c'est-à-dire, en l'occurrence, le président. Mais tout médecin est maître de partir s'il est en désaccord avec son malade. S'il m'avait dit : « Je ne veux pas qu'on dise que j'ai un cancer », je me serais abstenu de signer le communiqué.

Cette interview nous place au cœur du problème. Gubler est prisonnier, il le confesse. Il ne peut pas tout dire et en le démontrant il s'enfonce un peu plus dans le mensonge. Il semble solliciter la compréhension et l'indulgence de ceux qui le liront. Son aveu montre que sa fonction comporte un volet politique. Il n'est pas un médecin ordinaire qui soigne un malade ordinaire. Pour le condamner, ses juges ont dû se convaincre du contraire et le faire entrer dans le moule commun à tous les praticiens ayant prêté le serment d'Hippocrate. Au procès pénal, en juin 1996, j'ai fait état de cet entretien qui m'avait été proposé par l'Élysée. J'ai souligné que personne n'avait protesté contre ce qui constituait pourtant une flagrante violation du secret médical. En définitive, ce serait lorsqu'il dit la vérité que Gubler serait condamné et qu'on pourrait le censurer. S'il avait continué à se taire, donc à mentir par omission, il serait le meilleur des hommes, tandis qu'en rétablissant la vérité historique, il deviendrait un parjure. Quant à moi j'avais été en 1992 le complice d'un mensonge d'État et j'avais été félicité, car l'interview, qui n'était pas passée inaperçue, avait calmé les esprits échauffés ; quatre ans plus tard, j'étais associé à une œuvre de clarification s'appuyant sur des faits authentiques et je me retrouvais en accusé devant le tribunal correctionnel. Le paradoxe n'a pas ébranlé la conviction des magistrats qui n'en ont tenu aucun compte.

Il ne faut pas négliger un détail de cette péripétie. Lorsque Hubert Védrine ordonne à Gubler de faire cette interview même si le président s'y oppose, le secrétaire général de l'Élysée commet un acte d'indiscipline justifié par son souci de protéger le chef de l'État contre les risques de déstabilisation politique. Il s'expose aux reproches présidentiels – ce qui se produira car Mitterrand ne sera encore pas content – mais son audace est calculée. Le président commence à être débordé par les conséquences de l'aggravation de son état de santé. Maintenant la France sait qu'il lutte contre un cancer, et s'il le fait avec courage et dignité, il n'empêche que son autorité naturelle, sa place dans le paysage politique, sa capacité à peser sur les événements sont discutées. Le ballet des médecins qui va suivre et qu'il laisse faire est un autre élément de ce basculement dans une nouvelle phase de sa vie.

Robert Mitterrand insiste toujours auprès de son frère pour qu'il se place sous la tutelle médicale du Dr Pontes. Après avoir rencontré une première fois le chef de l'État à l'occasion d'un voyage en Europe, Pontes propose des modifications au traitement et donne ses directives depuis Detroit par fax. Encore à l'instigation de Robert, un autre spécialiste est appelé, le Pr Turpin, patron du service d'endocrinologie à la Pitié-Salpêtrière. Évidemment, personne ne l'informe sur l'état exact du malade. Il croit qu'il va le prendre en charge alors que l'on souhaite seulement avoir son avis sur un nouveau médicament que Robert conteste parce qu'il l'a lui-même mal supporté. En octobre 1993, Pontes, malgré l'opposition de Steg et de Gubler, impose une chimiothérapie qui durera jusqu'en juillet 1994. Son échec marquera la fin de l'influence du médecin américano-brésilien. La deuxième opération devient inévitable. Mitterrand recule encore devant cette solution. « Combien en faudra-t-il ? » se plaint-il. En coulisses, Robert ne désarme pas. La veille de l'opération qui se déroule le 16 juillet, il écrit au président pour le lui déconseiller. Pontes, argumente-t-il, estime qu'il est plus sage de différer. Croyant bien faire, Robert n'a pas conscience du désordre que son fraternel interventionnisme provoque. François Mitterrand, épuisé, excédé, ne peut plus attendre car son état rénal s'est aggravé et il y a un risque d'anurie, un risque mortel.

L'opération se déroule moins bien que la première. Elle dure quatre heures contre une heure trente en 1992. Bernard Debré, en sa qualité de chef de service, organise l'intervention et interdit la présence de Gubler dans le bloc opératoire. Néanmoins, le médecin du président reste derrière la porte, équipé pour être prêt à entrer si quelqu'un le souhaite. Précisément, Steg l'appelle pour avoir son avis car une difficulté se présente.

L'urologue a monté une sonde dans le rein droit mais ne parvient pas à fixer la seconde dans le gauche. Doit-il s'obstiner, faire une dérivation ? Le problème n'est pas que technique. Qu'aurait répondu le chef de l'État si, avant de passer sur le billard, on lui avait demandé s'il accepterait une prothèse ? Ni Debré pour qui Mitterrand est un inconnu, ni Steg ne peuvent répondre sur le plan psychologique. Gubler connaît l'homme et sait qu'il ne leur pardonnerait pas de lui infliger une telle infirmité. Donc pas de dérivation. On peut vivre avec un seul rein, et Steg doit s'arrêter.

À l'hôpital Cochin, Anne Pingeot a accompagné le président car Danièle Mitterrand est au même moment opérée du cœur à l'hôpital Broussais. Deux ans auparavant elle était également absente lors de la première hospitalisation de son mari. Elle se trouvait en mission en Amérique du Sud dans le cadre de son action humanitaire. Elle n'était pas dupe de la manœuvre qui consistait à mettre à profit son absence pour se faire opérer. Deux femmes veilleront sur le malade, Joëlle Govin, son infirmière préférée, et Anne Pingeot. Celle-ci dort sur un matelas placé dans la chambre du président, qui était trop petite pour recevoir un deuxième lit. Mazarine vient souvent embrasser son père, les deux fils aussi. Les membres de la Sécurité doivent assurer un délicat protocole afin d'éviter des rencontres inopportunes car les deux familles s'ignorent. La vie à l'hôpital est réglée par Anne Pingeot qui s'occupe de tous les problèmes d'intendance.

François Mitterrand reçoit des monceaux de fleurs et des kilos de chocolats, envoyés par des Français attendris. Au début, il fait tout envoyer à l'Élysée, jusqu'à ce qu'il lise dans un quotidien que le général de Gaulle, opéré lui aussi à Cochin en 1964 (par le professeur Aboulker dont Steg était l'assistant), avait fait distribuer fleurs et friandises aux malades et aux infirmières. À l'initiative de Joëlle Govin, le personnel hospitalier qui s'est occupé de lui recevra un cadeau et une photographie de groupe sera faite le jour de sa sortie.

Ensuite, le président part se reposer dans le château de Souzy-la-Briche, dans l'Essonne, propriété de l'État où d'importants travaux ont été exécutés, avec Anne Pingeot, Mazarine et le docteur Kalfon installé dans son rôle de médecin confident. En août, il séjourne à Belle-Île avec quelques amis dont l'avocat Georges Kiejman. Le docteur Tarot va le rejoindre et c'est là que débuteront leurs relations privilégiées.

Peu après, Jean-Pierre Tarot s'installe à l'Élysée où il prend une chambre face à celle du président. Il partage les repas de famille. Il est entré dans le premier cercle. Dans le palais présidentiel, on se demande où il veut en venir. On lui donne un surnom, Raspoutine. Il tente d'écarter les aides de camp. Il donne des ordres, multiplie les recommandations. Il occupe toutes les fonctions : cuisinier – « Vous lui ferez un potage ce soir » –, infirmier, majordome. Tarot, un homme solide, passionné par son métier qu'il exerce avec talent, est tombé sous le charme de Mitterrand qui ne peut plus se passer de ce magicien qui l'aide à supporter la douleur.

C'est à l'automne 1994 que tout s'accélère. Les incidents de toute nature se multiplient. Un jour, le président sort du Conseil des ministres dans un état alarmant. Il dit qu'il ne peut plus respirer. On le conduit de toute urgence au Val-de-Grâce. Le colonel Kalfon est inquiet alors que Gubler relativise car il est habitué aux crises d'angoisse de son patient. Kalfon suggère un scanner, Mitterrand refuse. Le médecin militaire ne sait pas qu'un frère du président, Philippe, est mort au cours d'un examen de ce type et que depuis il ne veut pas être enfourné dans cette machine. Quelques mois plus tard il acceptera cependant car ses résistances cèdent du terrain. Ce que l'on croyait être une vérité à un moment de sa vie n'existe plus face à la maladie. François Mitterrand suivait la même pente. En 1981, si Gubler lui avait prédit tout ce qu'il devrait endurer, il aurait certainement crié que jamais il ne le supporterait. Maintenant il est confronté à la mort et il ne souhaite plus qu'on lui explique. Il ne dit plus : « Je ne veux pas finir comme un légume. » C'est un autre combat qui s'engage et Gubler n'est plus l'homme de la situation. Adolphe Steg et lui avaient fait leur temps. « Quand on s'appelle François Mitterrand, concède Gubler, on ne peut plus regarder en face celui à qui l'on à tout dit, qui a tout vu, qui est un puits dans lequel se trouve tout ce qu'on y a jeté. Je respecte cela. »

À Cochin, Anne Pingeot avait demandé à Gubler de lui dire la vérité. Il l'avait fait en rappelant d'où ils venaient, car, elle, elle était dans le secret. « C'est vrai, lui avait-elle dit. Vous avez fait un miracle, mais il faut en faire un deuxième. » À partir de ce moment, Gubler avait compris que son malade allait se tourner vers d'autres. Le Dr Edson Pontes de Detroit, avant d'être évincé, avait lui aussi compris. « Pour parler de façon très réaliste, a-t-il avoué après la mort du président, dans le cas de François Mitterrand, notre but ultime était qu'il puisse achever son mandat présidentiel, quand d'autres, autour de lui, s'étaient mis dans la tête qu'ils pouvaient le guérir. Leur attitude était absurde. »

8

« On a beaucoup et partout discuté de son acharnement à exercer ses fonctions jusqu'au bout. Le courage était-il de partir, était-il de rester ? Je ne tranche pas. Je crois comprendre qu'il y avait de la fierté dans cette façon d'afficher sa décrépitude. » Devinette : qui a écrit ces lignes et de qui s'agit-il ? François Mitterrand dans *La Paille et le Grain*, parlant de l'agonie de Georges Pompidou. Étonnante et troublante épitaphe ! Vingt-deux ans après, elle pourrait accompagner la disparition de celui qui l'avait rédigée. De la fierté, Mitterrand en eut, de la ténacité aussi et sur la fin du stoïcisme. Mais que de palinodies, d'embrouilles, de chamailleries et d'ingratitude ont accompagné cette descente vers la mort !

Au cours du dernier trimestre 1994, la guerre des médecins atteint son paroxysme. Guerre d'influence, guerre de compétences. François Mitterrand adopte les uns, rejette les autres sans ménagement. Il joue de leurs rivalités mais il joue aussi avec sa vie. Le colonel Kalfon qui a eu son heure de gloire lorsqu'il veillait sur Anne et Mazarine se heurte à Jean-Pierre Tarot. Ce dernier insiste pour être dans l'avion présidentiel lors des déplacements officiels, alors que Kalfon ou Gubler, parfois les deux, sont habituellement présents. Un jour Hubert Védrine est obligé d'intervenir pour maintenir Kalfon dans un Mystère 50 et doit faire descendre un autre membre de la suite. Au retour, François Mitterrand demande à son aide de camp pourquoi Kalfon se trouvait là, estimant que ce n'était pas sa place. Averti de la plainte du président, Kalfon demande à le rencontrer. Il veut en avoir le cœur net. Sa formation militaire l'incline à penser que ce genre de conflit se résout par une franche explication. Il a la naïveté de croire qu'entre Tarot et lui, François Mitterrand tranchera en sa faveur. La conversation tourne à l'aigre. Repoussant les explications de l'officier, le président s'énerve et lui jette : « Vous n'avez qu'à obéir ! Après tout, je suis le chef des Armées ! » Il aurait assorti la réprimande de considérations désobligeantes sur les compétences du colonel et sur l'utilité de sa présence. C'est un choc terrible pour cet homme simple et loyal qui s'était beaucoup investi dans une relation affective qu'il croyait partagée. En découvrant ce que le président pensait de lui, il est moralement détruit au point que certains à l'Élysée craignent qu'il ne commette un acte de désespoir. Le souvenir de Grossouvre rôdait dans les couloirs... Kalfon s'en remettra.

Claude Gubler est atterré en voyant cet entourage qui s'entre-déchire. Pourtant le plus grave est encore à venir. Anne Pingeot avait une amie qui lui avait dit : « Je connais quelqu'un capable de faire des miracles. C'est le docteur Philippe de Kuyper, un homéopathe de Versailles. » Celui-ci est appelé et propose au président un traitement par les plantes. Il utilise des produits fabriqués par un étrange « professeur », Mirko Beljanski, très controversé dans les milieux médicaux. Ce personnage d'origine serbe, naturalisé français, est un ancien chercheur à l'Institut Pasteur et au CNRS ; il est docteur ès sciences de l'Université de Paris, son seul diplôme. Génial pour les uns, charlatan pour les autres, Beljanski est un spécialiste de biologie moléculaire. En 1989, il avait annoncé qu'il avait découvert un traitement efficace contre le cancer et le sida. Bien que son produit n'ait pas reçu l'agrément de l'Agence pour le médicament, indispensable pour être mis en vente, Beljanski avait réussi à monter une filière et convaincre des milliers de malades. Ses préparations étaient commercialisées par une trentaine de pharmacies et par des associations qui démarchaient directement les clients potentiels. Il suffisait de cotiser à l'une de ces associations pour recevoir par la poste les produits miracles. Mirko

Beljanski et sa femme Monique étaient aussi les auteurs d'un livre intitulé *La Santé confisquée*, publié par la maison d'édition de Valérie-Anne Giscard d'Estaing (Compagnie 12), qui pourfendait la médecine officielle.

Beljanski est très critiqué en particulier sur un point essentiel : il refuse de communiquer le contenu de ses préparations, ce qui est incompréhensible de la part d'un chercheur. Il préfère ferrailler avec les pouvoirs publics et opérer dans une quasi-clandestinité plutôt que de jouer la transparence. Le résultat est qu'en mars 1994 – six mois avant que François Mitterrand ne devienne l'un de ses clients – le tribunal correctionnel de Saint-Étienne le condamne pour exercice illégal de la médecine et de la pharmacie. Étrangement, aucune peine n'accompagne le verdict mais ses produits sont saisis par la gendarmerie dans un laboratoire installé à Saint-Prim dans l'Isère. En octobre 1996, il a été de nouveau mis en examen pour fabrication illégale de médicaments, tandis que des perquisitions étaient effectuées à Saint-Prim par des gendarmes agissant sur commission rogatoire d'un juge de Créteil.

Philippe de Kuyper organise une rencontre entre François Mitterrand et Beljanski au domicile de ce dernier. Mais l'homéopathe est discret sur ses relations avec le biologiste hors-la-loi. Il a toujours refusé de dire, en invoquant le secret médical, si le président avait réellement absorbé les produits interdits. Il indique seulement aux journalistes qui le questionnent que les molécules de Beljanski ont pour propriété, dans le cancer de la prostate, d'accompagner une radiothérapie – le traitement suivi par Mitterrand à cette époque – afin d'atténuer les effets secondaires. Selon Claude Gubler, plusieurs personnes ont vu les gélules de Beljanski dans une mallette que Kuyper plaçait dans les bagages du président. Celle-ci s'était ouverte accidentellement dans un avion et les médicaments identifiables avaient roulé par terre. En outre, un ancien délégué régional de deux associations rabatteuses de Beljanski a affirmé en avril 1995 qu'il avait lui-même préparé des commandes destinées à Mitterrand. Ce bénévole, Ange Seno, précisait même les posologies : dix-huit à vingt gélules par jour pour tel produit, trois ou quatre gélules pour tel autre.

Mirko Beljanski, *via* son adepte homéopathe, exige aussi de ses « adhérents » qu'ils interrompent toutes les autres prescriptions dès lors qu'ils adoptent les siennes. C'est ce dernier point qui conduit Claude Evin, ministre de la Santé, à porter plainte contre le chercheur et ses associations écran. Claude Gubler, protecteur attentif du président, avait protesté contre cette obligation. Il n'est pas choquant, explique-t-il, que des malades désespérés aillent consulter des guérisseurs, des rebouteux ou des mages s'ils peuvent trouver un réconfort moral. À la condition que le traitement dicté par la médecine légale ne soit pas abandonné. « Fort heureusement, raconte-t-il, le président n'a pas eu à en souffrir car Kuyper ayant révisé à la baisse l'exigence d'exclusivité, il a continué à suivre son hormonothérapie. Kuyper avait ordonné : “Vous arrêtez tout”, mais devant mes protestations justifiées par le risque dangereux qu'il faisait prendre au malade, l'homéopathe a cédé. »

Les milieux médicaux s'étaient émus en découvrant que le chef de l'État recourait aux médecines parallèles. Mitterrand accréditait des pratiques que les autorités administratives et judiciaires avaient sanctionnées et cautionnait des produits interdits. En ne considérant que son statut de gardien des institutions, c'était inadmissible. Le ministère de la Santé était très embarrassé, hésitant à publier un communiqué rappelant la condamnation de Beljanski. Mais n'allait-il pas rouvrir le débat sur les médecines parallèles et paraître engager une polémique avec le président ? Claude Gubler auquel Dominique Le Vert, directeur de cabinet de Simone Veil, avait demandé son avis, recommanda l'indifférence et le silence, ce que le ministère fit.

On est à des années-lumière de la transparence médicale. Les règles habituelles n'existent plus. L'école classique Steg-Gubler s'oppose à l'école parallèle Kuyper-Beljanski. Finalement, ce sont ces derniers qui gagnent, au point que s'accréditera l'idée que la survie presque miraculeuse du malade a été due aux molécules mystérieuses, donc à la médecine parallèle et non pas à ceux qui le soignaient depuis plus de dix ans selon les méthodes classiques. Une telle usurpation était inacceptable pour Gubler qui avait poussé le dévouement jusqu'à l'abnégation. Quand il lit le livre de Laure Adler (*L'Année des adieux*, Flammarion) dans lequel Mitterrand se plaint d'avoir « été mal soigné, très mal soigné », il est révolté. C'est ce qui le décidera à parler.

On en arrive à une absence totale de cohérence et de déontologie. C'est chacun pour soi. Presque chaque jour un nouveau conflit éclate. Tantôt entre Kuyper et Gubler, tantôt entre Tarot et Steg, le plus souvent entre Tarot et Kuyper. Jean-Pierre Tarot en arrive à déborder de son rôle d'accompagnateur dans la lutte contre la douleur, et empiète sur le domaine de l'urologie. Un soir de novembre 1994, il décide d'organiser une réunion de tous les médecins afin de discuter du problème des sondes à propos desquelles il propose une nouvelle technique expérimentée à l'hôpital Saint-Louis. Ils sont six à se retrouver au domicile de Gubler, rue Poliveau à Paris. Outre Tarot et Steg, sont présents Michel Raynal de la clinique Hartman de Neuilly, Alain Le Duc de Saint-Louis et son assistant. Philippe de Kuyper et le colonel Kalfon sont absents. Dans la discussion, Tarot accuse Kuyper de manière insultante. Il l'appelle « le gourou » et exhibe une lettre que l'homéopathe lui a envoyée et qui commence par ses mots : « Le malade dit qu'il est mal soigné et qu'il ne supporte pas la thérapeutique en cours. » Pour Tarot ce n'est pas le jugement de Mitterrand qui est ainsi rapporté mais celui de Kuyper. Il a sans doute raison mais il étale des divergences devant des confrères que le président ne connaît pas, ce qui n'est pas tolérable pour Gubler qui abrège la discussion et met tout le monde à la porte, sauf le Pr Steg.

Le bras de fer entre Tarot et Kuyper se poursuit bien qu'ils se voient rarement. Ils se téléphonent et se faxent lettres et documents. Le 28 novembre, Tarot écrit à son confrère versaillais : « Consterné par ce qui se passe, il ne m'est plus possible de cautionner par ma présence votre dérive thérapeutique exclusive, injustifiée et terriblement aléatoire. Sauf urgence ou demande directe de l'intéressé. Cette dérive étant préjudiciable à la personne concernée – et à sa fonction –, vous en êtes à mes yeux le seul responsable, et il vous importe désormais de prendre garde à ce qu'elle ne soit pas très vite assimilée à ce qu'on pourrait appeler de la "non-assistance à personne en danger". » Dans sa conclusion, il s'exclame « Que de temps perdu et de souffrances inutiles ! »

« On est en plein délire ! s'insurge Gubler. Du matériel médical entre secrètement à l'Élysée. Les appareils qui arrivent et repartent quelques heures plus tard dans une voiture banalisée sont cachés sous des couvertures. Ils devaient servir, je pense, à émettre des ondes magnétiques destinées à soulager le malade. » Toutes ces dispositions échappent à son contrôle puisque Mitterrand n'a pas jugé nécessaire de l'en aviser. Ainsi, c'est incidemment qu'il a appris l'arrivée de Kuyper à l'Élysée. L'infirmière Joëlle Govin lui avait téléphoné pour le lui révéler à la faveur d'un incident qui l'avait bouleversée. Elle avait été appelée pour faire une prise de sang au président qui, en la priant de l'envoyer au laboratoire, avait ordonné : « Je vous interdis de le dire au docteur Gubler ! » Jamais depuis 1981, Mitterrand n'avait essayé de lui cacher quelque chose relevant de sa santé.

Nous sommes à la fin de l'année 1994. Le président suit une radiothérapie à raison de cinq séances par semaine. Claude Gubler l'accompagne mais il ne se fait plus d'illusions sur son rôle. Il ne compte plus. Mitterrand ne prend pas de gants pour le lui montrer. Il arrive avec Tarot, il repart avec lui, il vont dîner ensemble. Mitterrand pourrait congédier Gubler, mais il a toujours répugné à trancher brutalement, on l'a déjà vu. Il n'a jamais su rompre. Il préfère laisser pourrir les situations jusqu'à ce que la victime de son indifférence ou de son ingratitude parte d'elle-même. Avec Gubler, le problème est plus délicat et le divorce prématuré. Mitterrand a encore besoin de lui pour signer le bulletin de santé de décembre, le vingt-huitième et dernier de sa vie publique puisque dans six mois il sera à la retraite.

Il aurait été plus logique et surtout plus honnête

de demander à Kuyper ou à Tarot de le faire à sa place, mais il aurait fallu donner des explications en prenant le risque d'un éclat du médecin évincé. Ravalant sa fierté, Gubler estime que son devoir est de rester jusqu'au bout. Il a la faiblesse de croire que Mitterrand peut avoir encore besoin de lui. Sur le plan médical il est sa mémoire. Pourtant Mitterrand ne le ménage plus. Il lui interdit l'accès à ses appartements. S'il veut tout de même le voir, Gubler doit passer par le secrétariat particulier. Alors, il lui écrit. Il lui envoie le double d'une lettre adressée aux autres médecins, dans laquelle il déplore le manque de coordination, la dispersion des efforts, bref, la confusion et l'anarchie qui règnent. Dans une autre lettre, il rappelle au président qu'en sa qualité de médecin personnel, il doit recevoir toutes les informations le concernant, ce qui ne se produit plus car les circuits sont coupés. Mitterrand ne répond pas.

Quand, le 31 décembre, le président doit prononcer sa dernière allocution de fin d'année, le fidèle Gubler est encore là, prêt à intervenir dans l'hypothèse où la voix présidentielle viendrait à faiblir. Mitterrand, en effet, lui demande les remèdes habituels. Les traitements suivis, l'affaiblissement général diminuaient encore plus ses capacités vocales. Au moment d'entrer dans le studio d'enregistrement, rue de l'Élysée, où l'accompagne Tarot, il se tourne vers Gubler et lui dit : « Ce n'est pas la peine d'entrer. » Après l'émission, le médecin que rien ne rebute retrouve le président dans son bureau, toujours flanqué de Tarot, et lui souhaite une bonne année. Il ajoute : « Vous savez où vous pouvez me joindre. Au revoir monsieur... » Claude Gubler avait compris le message du chef de l'État. La porte qu'il lui avait fermée au nez était un geste symbolique. Depuis le temps, les deux hommes se connaissaient assez pour se comprendre au-delà des mots.

Il ne devait le revoir qu'une seule fois, quelques jours plus tard, lorsque François Mitterrand doit passer un scanner de contrôle pour savoir s'il faut continuer la radiothérapie. Gubler l'apprend indirectement et fait demander au président, *via* son secrétariat, s'il doit venir. La réponse est positive, ce qui le surprend car à la même question posée à Kuyper, celui-ci avait dit : « Non surtout pas ! » Le médecin est donc présent au rendez-vous où il assiste à une nouvelle scène entre Tarot et Kuyper sous le regard médusé des radiothérapeutes que le chef de l'État est venu consulter. Tarot est furieux de ne pas avoir été tenu au courant de cette initiative dont il semble redouter les conséquences dans la mesure où elles menacent de lui échapper. En se séparant, l'assistance décide que le rapport d'examen sera adressé à l'Élysée tandis que Gubler gardera l'imagerie puisque c'est lui qui détient toutes les archives.

Deux jours plus tard, Gubler reçoit un appel téléphonique de Mitterrand qui lui reproche d'avoir conservé les clichés : « C'est Kuyper qui devrait les avoir. Vous n'en étiez pas le destinataire. » Le médecin lui explique que l'homéopathe était d'accord pour cette répartition des documents, mais le président ne veut rien entendre et se fâche : « J'exige que vous rendiez ces clichés ! » Alors Gubler change de ton : « Si Kuyper les veut, c'est à lui de me les demander et je les lui donnerai tout de suite. Mais maintenant ça suffit ! » Et il raccroche au nez du chef de l'État auquel il ne devait plus jamais parler et qu'il ne devait plus jamais revoir même sur son lit de mort... Quelle chute de rideau ! Quelle pitoyable fin de vingt-cinq ans d'amitié et de complicité ! Quelle tristesse de voir le président de la République descendre à ce niveau d'intendance et servir d'arbitre, alors qu'il en est la victime, dans le pugilat que se livrent ses médecins ! Plus rien ne viendra réparer cette déchirure.

Claude Gubler, qui a totalement décroché de l'Élysée, reste sourd à une invitation qu'il reçoit quelques mois plus tard. Le président lui propose de l'accompagner dans son ultime voyage à l'étranger (les 8 et 9 mai à Londres, Berlin et Moscou pour le cinquantième anniversaire de la fin de la guerre). L'invitation lui parvient par un coup de téléphone du secrétariat particulier de la présidence. « À quel titre ? » demande Gubler. « Pas en tant que médecin du président, lui répond-on, à titre personnel. » Il refuse car il a gardé une bonne lecture de la pensée présidentielle. Dans cette proposition, il retrouvait Mitterrand tout entier. Il lui faisait un signe pour dissiper le mauvais souvenir de leur dernière conversation. Le voyage auquel il l'invitait marquerait sa sortie de la scène internationale. Ce serait le feu d'artifice final. Mais en le conviant « à titre personnel », il officialisait la rupture du contrat qui les liait, il déclassait Gubler qui voyagerait avec les courtisans et autres accompagnateurs de circonstance. Le médecin a donc écrit à Mitterrand pour lui donner les raisons de son refus alternant l'aimable – merci d'avoir eu cette pensée – et le grinçant – pourquoi irais-je à Londres et à Moscou assister aux obsèques de nos relations ? Dans sa conclusion, il ironisait avec amertume sur la nécessité de « laisser du temps au temps » avant d'envisager de le revoir. Sa lettre n'eut aucun écho.

L'explication de la lente descente de Gubler dans l'estime du président, son passage du pinacle au pilori, ne peut-être cherchée sur le plan professionnel. Le médecin n'a jamais commis de faute majeure. Le Pr Steg est de ceux qui affirment que sans Gubler le président n'aurait jamais survécu aussi longtemps. L'éminent urologue a tout dirigé, il a soigné, il a opéré, mais le petit généraliste a fait le reste : soutenir le malade entretenir son moral, alléger les contraintes inhérentes au traitement, le protéger contre les accidents qui le menaçaient. Il a tenu le rôle d'entraîneur auprès d'un sportif de haut niveau qui livre fréquemment des compétitions nationales et internationales. Il devait le maintenir en forme physique et psychique. Il l'a fait alors que son « champion » était par principe récalcitrant à cette protection permanente, qu'il doutait de l'efficacité des soins imposés contre lesquels il se rebellait, et qui, de surcroît, faisait des caprices. Sur ce dernier point, Gubler a engrangé des souvenirs amusés : les oreillers faits sur mesure et emportés dans tous les déplacements y compris à l'hôpital, les tisanes spéciales préparées par un herboriste, qui devaient être servies dans une certaine tasse, d'une certaine couleur, etc.

Il n'y a pas de grands hommes pour leur valet de chambre, a dit quelqu'un. L'observation vaut pour le médecin. François Mitterrand en était arrivé à ne plus pouvoir supporter son huis-clos avec Gubler. Il l'identifiait à ses malheurs physiques. Il était le messager de la mort. Le style étrange, méphistophélique, que Gubler cultive, n'arrangeait pas les choses. Sur le plan intellectuel, il gênait en raison de sa connaissance du passé. Son refus de toute courtisanerie aggravait son cas. « Pour durer, explique-t-il, je ne pouvais être qu'un miroir psychanalytique et surtout pas un flagorneur. » Un jour, dans un ascenseur, Mitterrand fulminait contre ses collaborateurs : « Je ne suis entouré que de courtisans, de lèche-culs », se plaignait-il. Et se tournant vers Gubler, il avait ajouté : « En tout cas sûrement pas vous, le pasteur luthérien ! » Au lieu de louer son médecin de ne pas avoir rallié le camps des béni – oui-oui, il était agacé par son caractère qu'il qualifiait de psycho-rigide.

« Il y a dans les contes et légendes de notre enfance une histoire qui illustre la complexité et l'ambiguïté de mes rapports avec le président, explique Claude Gubler. Râ, dieu du Soleil, est tombé amoureux d'une humaine de très grande beauté. Au cours de la nuit qu'ils passent ensemble, Râ lui révèle son véritable nom. Au matin il lui ordonne : “Sauve-toi vite et ne reviens plus jamais, car je t'ai dit qui j'étais et je ne te le pardonnerai pas...” François Mitterrand n'est pas le dieu Râ, mais je savais trop de choses de lui. Comme Râ, il m'en avait trop dit, il s'était livré. Pour rester à ses côtés et tenir, il ne fallait pas pénétrer les secrets de l'homme, connaître sa vraie nature. »

9

Nous avons cherché à comprendre, Claude Gubler et moi, ce qui avait réellement motivé l'action en justice de la famille Mitterrand contre *Le Grand Secret*, une action conduite avec un acharnement exceptionnel. Une première explication qui vint à l'esprit est que ce livre fit apparaître incidemment mais clairement la primauté de la « seconde famille » sur la « famille officielle ». Anne et Mazarine Pingeot savaient ce qu'ignoraient Danièle et ses deux fils. Dans les dernières années de sa vie, François Mitterrand vivait avec elles. Lorsqu'il rentrait chez lui, le soir, c'est quai Branly qu'il se rendait, au domicile de la mère de Mazarine et c'est aux côtés de celle-ci qu'il est mort, avenue Frédéric-Le-Play où il résidait depuis son départ de l'Élysée. La propriété de Latche était le lieu où le couple séparé observait une trêve et se retrouvait quelques semaines par an pour sauver les dernières apparences. Comme le fait pertinemment remarquer Paul Yonnet dans la revue *Débat* consacré en partie à un « Mitterrand posthume », (n° 91, septembre 1996) : « Le mensonge sur la réalité conjugale du couple présidentiel, ce que l'on a voulu faire accroire aux Français, est aussi énorme que celui sur la santé du président. » Bien que ce ne fût pas sur ce plan le but des auteurs, tout un édifice de tromperies s'effondrait. Les deux familles, objectivement complices, ne le supportaient pas.

La violation du secret médical n'est pas non plus le fond de leur indignation. Elle n'est certes pas niable mais l'accusation n'a pas de sens concernant un homme qui, selon la formule, « avait soustrait de sa sphère d'intimité les questions touchant à sa santé ». Il faut donc chercher ailleurs, dans une phrase, une seule, jugée iconoclaste : « En novembre 1994, j'estimais que François Mitterrand n'était plus capable d'assurer ses fonctions. » S'il y a eu crime, il est dans cette affirmation de Claude Gubler. C'est le seul point sur lequel le médecin a été contesté, ce qui ne veut pas dire qu'il se soit trompé. Il témoignait et ce qu'il révélait était accablant.

À cette époque, le président passait des journées entières dans son lit. Parfois il arrivait à l'Élysée vers 10 heures et se recouchait jusqu'à l'heure du déjeuner. Il recevait de rares collaborateurs et tardait à ouvrir les parapheurs qu'on lui faisait passer. Il a même reçu, couché dans son lit, un chef d'État en visite privée en France. Il était clair pour tout le monde que rien ne l'intéressait sauf sa maladie. Une telle cristallisation sur soi-même alarmait Gubler qui s'en était ouvert à Hubert Védrine, lequel s'exclamait : « Heureusement qu'il y a la cohabitation ! » Le secrétaire général de l'Élysée faisait tourner la boutique, tant bien que mal, grâce notamment à ses bonnes relations avec Nicolas Bazire, directeur de cabinet d'Édouard Balladur.

L'entourage était tétanisé. Gubler avait demandé à Védrine s'il devait publier un communiqué. Le secrétaire général de la présidence avait éludé. « J'essaie de donner de l'Élysée une image qui ne soit pas celle d'un mouroir », expliquait-il. Certains ministres prenaient à part Gubler pour lui dire : « Il n'est pas bien, il souffre. Savez-vous qu'on lui a installé un nouveau fauteuil au Conseil des ministres ? C'est pour son dos, n'est-ce-pas ? Il a des métastases... » Les conciliabules ministériels du mercredi tournaient autour des mêmes interrogations : « Tiendra-t-il encore longtemps ? Ne sera-t-il pas contraint de démissionner ? » Le chef de l'État vivait replié dans sa chambre, son campement. On venait le voir, on s'installait dans un fauteuil, à côté de son lit, pour papoter. Tantôt il répondait, tantôt il somnolait. Plus que jamais il soliloquait à propos de la mort et des morts. Il lisait les nécrologies et pestait contre l'emploi du verbe « décéder » et contre l'expression « mort à l'issue d'une longue maladie » qu'il exécrait. Il se levait pour le déjeuner avant de se recoucher pour la sieste. Certains jours il n'avait pas un seul rendez-vous. Son frère Robert, sa sœur Geneviève Delachenal, Pierre Bergé, Marc Benamou, Anne Lauvergeon, Michel Charasse étaient parmi les plus assidus à ces levers, déjeuners ou couchers du Roi. Hubert Védrine appelait ce singulier aréopage le « Bedroom cabinet »...

Le récit anecdotique ne doit pas faire oublier l'essentiel, l'état réel du président. François Mitterrand allait mal, très mal et depuis la parution du *Grand Secret*, Claude Gubler n'est plus le seul à oser le dire. Les témoignages abondent, les visiteurs du malade parlent, tel Jean-Pierre Elkabbach venu préparer le fameux entretien télévisé du 14 septembre 1994 et qui avait été saisi d'effroi en le voyant allongé, « l'ombre pâle de la mort sur le visage », (*le Monde*, 23.5.1996). Pour le Dr Philippe de Kuyper, le choc fut brutal : « Je l'ai trouvé dans un état misérable, amaigri et anémique. Le système nerveux avait lui aussi reçu des claques. Ses proches lui donnaient encore deux mois (on était le 6 octobre 1994). Le président était prêt pour sa fin » (*He Niews-blad*, 18.1.1996). À la même date, le médecin belge dit encore que François Mitterrand était révolté contre la chimiothérapie qu'on lui avait imposée. « Ce traitement m'a brisé le corps et l'esprit », disait-il. De Kuyper avoue : « Je suis surpris par son état d'épuisement général. Ses propos indiquent qu'il s'est manifestement résigné à voir sa dernière heure approcher. » Marc Benamou confirme (*Le Dernier Mitterrand*, Plon) en citant le président : « En octobre je n'avais pas une chance de survie, en décembre on m'a accordé trois chances sur dix de passer le mois, c'est-à-dire de connaître 1995... »

Et l'on voudrait continuer à faire croire que François Mitterrand n'avait jamais été aussi apte à remplir ses fonctions et que le diagnostic de Claude Gubler n'était qu'une élucubration ! À l'intention des réfractaires à la vérité, de bonne ou de mauvaise foi, il est utile de revenir sur ce qu'était devenue au quotidien la vie du président. Elle n'avait plus grand-chose à voir avec celle d'un chef d'État qui détenait tous les pouvoirs ou presque. Il n'était plus alors qu'un grand malade, assommé par les médicaments – « Je suis un alambic ambulant », ironisait-il –, qui dormait mal, qui souffrait, qui avait souvent froid au point de claquer des dents, que des malaises affaiblissaient, tandis que ses mains ne parvenaient plus à écrire tant elles étaient meurtries par les perfusions. Sa vie diurne et nocturne était placée sous une surveillance médicale de tous les instants. Tout ce qu'il faisait était consigné, minute par minute, sur des cahiers dont la lecture est terrifiante mais suscite aussi l'admiration pour un homme qui vivait un calvaire. S'il devait se déplacer, le cortège présidentiel comprenait une ambulance de réanimation, bien que le médecin de la présidence fût à ses côtés muni du matériel d'urgence. Le dispositif était valable même si le président n'avait qu'à traverser la Seine. Sur les lieux de la cérémonie, si brève fût-elle, une pièce de repos était retenue, un plan d'évacuation rapide prévu.

Telle était la réalité. À l'Élysée, tout le personnel, petit et grand, retenait son souffle. Entre eux, les collaborateurs du président parlaient peu de sa santé, mais il y avait une communion de pensée. De chaque bureau montait une prière. Pourvu qu'il tienne ! Ils priaient pour l'homme qu'ils admiraient, dont le courage les bouleversait, mais aussi pour qu'il puisse achever son second mandat, sachant que c'était le ressort le tenant encore en vie. De l'automne 1994 à février-mars 1995, François Mitterrand a côtoyé la mort. Cette période fut un long tunnel d'où il est sorti avec assez de force pour tenir encore presque un an. Sa solidité naturelle et un nouveau traitement avaient permis une ultime rémission et même un regain d'énergie. Mais pendant cette noire période, et seulement pendant celle-ci, on a caché à l'opinion ce drame intime qui se confondait avec le destin du pays.

Alors, était-il exagéré de considérer comme le fit Claude Gubler que le président n'était plus apte à diriger le pays ? Qui était mieux placé que son médecin pour en juger ? Lequel de ses parents, de ses amis ou de ses collaborateurs était en possession de tous les éléments d'appréciation ? Lequel, enfin, aurait osé le lui dire et le révéler à l'opinion ? Hubert Védrine qui fut le principal témoin de ces événements ne partage pas totalement l'analyse du médecin. L'ex-bras droit du président s'explique : « Je n'ai jamais cru que François Mitterrand pourrait démissionner. En revanche, plus d'une fois, j'ai cru qu'il allait mourir. Mais j'estime qu'il n'a jamais été défaillant face à ses responsabilités. » Mais avait-il encore des responsabilités ? Grâce à la cohabitation, le chef de l'État pouvait se permettre de passer les commandes au copilote, ce dont il ne se priva pas contrairement à la période 1986-1988.

Pendant la prise en otages des passagers d'un Airbus sur l'aéroport de Marseille le 24 décembre 1994, le chef de l'État fut étrangement absent des délibérations gouvernementales. Édouard Balladur dut prendre seul la décision de lancer l'assaut contre les ravisseurs, alors qu'au moment de la tragédie l'Élysée et Matignon faisaient savoir que le Premier ministre était en contact permanent avec le président. La réalité était que François Mitterrand se trouvait alors à Venise, qu'il se tenait informé plusieurs fois par jour de l'évolution de la situation mais qu'il répondait aux demandes d'instructions de ses conseillers : « Laissez faire le Premier ministre. » De la passivité du président, l'un de ses anciens collaborateurs fait le commentaire suivant : « Je ne suis pas loin de penser qu'il n'aurait pas été mécontent si l'affaire avait tourné à la tragédie... »

Les révélations du Dr Gubler ont été cependant saluées par un concert d'indignations montant de la classe politique qui protesta et qui jura que les affaires de l'État n'avaient jamais souffert du déclin physique de François Mitterrand. Pourtant, en privé, plusieurs de ces voix qui se croyaient autorisées à dire quelque chose tenaient un discours plus nuancé. D'autres se taisaient et laissaient Gubler se faire éreinter alors qu'ils connaissaient la vérité. Leur seul courage fut de se taire. Si l'on en croit Jean-Marie Colombani dans son livre *De la France en général et de ses dirigeants en particulier* (Plon), c'est précisément en voulant sauver les apparences, comme il l'avait déjà fait en 1974 pour Georges Pompidou, qu'Édouard Balladur a perdu la course à l'Élysée. Dans son analyse, le directeur du *Monde* écrit en s'adressant à l'ancien Premier ministre : « Vous l'avez perdue au fond le jour où vous avez – par souci de la raison d'État, car vous êtes comme habité par la raison d'État – décidé de protéger le président Mitterrand. Si vous aviez agi en politique, nul doute que vous auriez cherché à l'inciter à tirer la conséquence normale et logique de son état de santé. Au lieu de quoi, une seconde fois dans votre vie, vous avez fait écran pour que la République n'ait pas à souffrir de la santé du chef de l'État. Or, chacun sait que si François

Mitterrand, comme il aurait dû le faire au moins après sa seconde opération, avait quitté une fonction qu'il n'était plus en mesure d'assumer, vous auriez été élu sans coup férir, l'élection ayant lieu un mois après le départ du président. »

À vingt ans de distance, Édouard Balladur a en effet revécu l'agonie d'un président. Cet homme pudique n'a jamais dit publiquement ce qu'il avait éprouvé en face de Georges Pompidou. Il fut le témoin de sa détresse physique et de son courage moral. « Laissez-moi, je ne veux pas que vous me voyiez pleurer », l'avait supplié un jour de mars 1974 le président accablé par la douleur. À Pitsounda, au bord de la mer Noire, où il avait rencontré Leonid Brejnev, Georges Pompidou a cru réellement qu'il allait mourir. Le professeur Vignalou qui l'accompagnait fut tellement effrayé qu'il s'engagea à dire la vérité dès leur retour à Paris. Il n'en fit rien, comme Claude Gubler en d'autres circonstances moins dramatiques, et personne ne lui en tint rigueur. Durant les trois semaines qui lui restaient à vivre, Georges Pompidou ne quitta presque plus son domicile, quai de Béthune. Les barons du gaullisme (Foccart, Frey, Chaban-Delmas, Debré, Guichard) envisagèrent de l'inviter à donner sa démission. Balladur l'apprit et le lui dit. Il en fut offusqué et annonça au secrétaire général de l'Élysée qu'à son retour des vacances de Pâques il parlerait aux Français. « J'ai des choses à leur dire. » Il mourut le 2 avril sans qu'on sût s'il avait eu l'intention d'annoncer sa démission.

Les hommes d'État malades ne démissionnent pas. Ils meurent en scène croyant qu'un miracle leur redonnera force et lucidité. Édouard Balladur a dû se remémorer plus d'un souvenir en cette fin d'année 1994. Il retrouvait les mêmes signes : les doigts qui pianotent d'impatience pendant les Conseils des ministres trop longs, l'irritabilité, la susceptibilité, le désintérêt grandissant pour les affaires de l'État à l'exception de la politique étrangère qui présente le double avantage de ne pas exiger un grand travail et de paraître très présente.

Dans son livre, *Deux ans à Matignon* (Plon), Édouard Balladur a évoqué cette épreuve : « La maladie du président joua certainement un rôle dans l'idée que les Français se firent de moi. Je ne savais que ce qu'il m'en disait. Il m'en parlait souvent, parfois avec précision. Il savait pouvoir compter sur ma discrétion, et que je ne chercherais pas à utiliser son affaiblissement physique pour en tirer un profit personnel ou politique. Cela m'aurait semblé honteux (...). J'ajoute que je n'aurais pas été fier de moi si j'avais tenté d'abuser de la situation face à un homme atteint. »

Le Premier ministre était prisonnier du contexte politico-médical mais il exploitait habilement la situation. L'absence du président servait ses plans. Charles Pasqua dit un jour à Claude Gubler en plaisantant : « Si je pouvais vous mettre en prison, ça nous arrangerait bien... » La boutade du ministre de l'Intérieur signifiait que sans son médecin le président n'aurait pas survécu et, étant donné l'état de l'opinion, que Balladur aurait été élu. Jacques Chirac a reconnu plus tard que les rumeurs sur la santé de Mitterrand l'avaient incité à annoncer sa candidature dès le 4 novembre 1994. La course à sa succession était un régal pour le président sortant. Le bruit des couteaux le tirait de sa torpeur. Les airs bourboniens de Balladur l'intriguaient. Il lui était reconnaissant de ne pas bousculer sa fin de règne languissante. L'homme ne lui avait jamais manqué, ce qui n'était pas le cas de Jacques Chirac.

Comme à l'accoutumée, il jouait de la situation avec les protagonistes de la compétition ainsi qu'avec ses amis politiques et ses collaborateurs. Avec ces derniers, il en était arrivé à douter de leur fidélité à son égard. Il leur reprochait de se montrer accommodants avec l'équipe dirigeante, de conduire une cohabitation molle. Ils les accusait, ni plus ni moins, d'intelligence avec l'ennemi ! Il soupçonnait certains d'entre eux de trahir leur camp en échange de la promesse d'un bon poste après mai 1995. Hubert Védrine a été l'objet de cette suspicion sans être sûr que Mitterrand ne s'amusait pas seulement à le mettre à l'épreuve. Avec une totale mauvaise foi, il lui reprochait de voir trop souvent Balladur. Comment aurait-il pu faire autrement puisque le président lui ordonnait précisément de régler tel ou tel problème avec le Premier ministre ? Dans cette ambiance délétère, Védrine s'efforçait d'assumer le fonctionnement de l'État en se gardant de se mêler aux coups tordus montés par le « Bedroom cabinet » contre Rocard ou Jospin, contre Chirac ou Balladur. La conséquence était qu'aux difficultés touchant à la santé du président, à la cohabitation et à la guerre de succession s'ajoutait le conflit entre conseillers élyséens. Hubert Védrine et son adjointe Anne Lauvergeon ne tiraient pas dans le même sens. L'un pratiquait l'apaisement, l'autre prônait l'affrontement. La jeune femme qui, contrairement à Védrine, allait souvent s'épancher au chevet du malade, incitait celui-ci à critiquer le gouvernement ou le parti socialiste, à rendre plus difficile la vie de ceux qui l'enterraient prématurément. Mitterrand, au plus bas, appréciait cette pugnacité qui réveillait son instinct de fauve politique. Jusqu'au terme de son mandat, il restera bec et ongles sortis, agressif. Hubert Védrine se souvient de cette époque avec tristesse : « J'en étais arrivé à penser que je défendais une image de François Mitterrand qui n'existait plus. »

Dans le brouillard qui entourait l'Élysée, Claude Gubler errait désemparé. Il tournait en rond à la recherche d'un appui, d'un conseil. Il a envisagé d'aller consulter Robert Badinter, président du Conseil constitutionnel. Il a songé à faire part de ses états d'âme à Danièle Mitterrand. À quoi bon, a-t-il fini par se dire ! L'épouse du président n'était plus l'amie d'antan avec laquelle il avait travaillé pour fournir à sa Fondation les moyens de son action humanitaire. Elle avait beaucoup changé, elle aussi. Elle était devenue autoritaire et cassante. Quant aux deux fils, Gilbert et Jean-Christophe, ils étaient trop soumis à l'autorité paternelle et trop éloignés des faits. Claude Gubler a finalement pensé à Christine Gouze-Raynal en laquelle il avait confiance et qui, dans la famille, était selon lui la plus lucide et la plus sage. Il lui a donc téléphoné un soir pour lui avouer ses inquiétudes.

« Sur le plan médical, elle a abondé dans mon sens, se souvient Gubler. Puis j'ai lâché la phrase : "Crois-tu qu'il soit encore capable de gouverner ?" J'ai senti tout de suite que j'avais proféré une énormité. J'ai déclenché une volée de protestations d'où il ressortait que le président n'avait jamais été aussi maître de sa pensée, que son intelligence était toujours performante et, en conclusion, qu'il n'était pas sérieux de poser une telle question. Prudemment j'ai fait marche arrière, mais j'avais franchi la ligne jaune. On ne s'attaque pas impunément au tabou d'infaillibilité. Il était navrant qu'une femme de qualité comme Christine fût incapable de porter un regard impartial sur le président. Personne ne niait qu'il avait gardé toutes ses qualités intellectuelles. Mais ce que je voulais dire, c'est qu'il n'exerçait plus ses fonctions. Nous étions entrés dans l'illusion du verbe. Heureusement que cette époque n'a pas connu de grandes crises ! »

Claude Gubler avait signé son arrêt de mort au sein de la famille. Christine en avait parlé à sa sœur Danièle et à son mari Roger Hanin et ils avaient tous conclu qu'il se mêlait de ce qui ne le regardait pas. De quel droit ce petit médecin de quartier se permettait-il de juger des capacités d'un homme aussi admirable que le président ? Pour qui se prenait-il ? Quand François Mitterrand est mort un an plus tard – avant que *Le Grand Secret* paraisse –, pas un seul membre de la famille ne prit la peine d'avertir Gubler qui ne fut même pas invité aux obsèques.

10

Quatorze fois, François Mitterrand a rencontré la presse au début du mois de janvier pour le traditionnel échange de vœux. Il a toujours porté un intérêt particulier à cette cérémonie qui de protocolaire devint au fil des ans une véritable conférence de presse. Au début, il parlait debout devant un micro, comme l'avaient fait ses prédécesseurs. Puis, il prit l'habitude d'aller s'installer sur un canapé, dans un petit salon, tandis que les journalistes prenaient place en demi-cercle, certains assis, parfois par terre, d'autres debout, tenant d'une main une coupe de champagne ou un bloc-notes et de l'autre une cigarette dont ils cachaient les cendres dans les vases de Sèvres. Malgré la bousculade, le président parvenait à se faire entendre et à livrer des moitiés de révélations et des quarts de confidences destinées à alimenter au pire la rubrique d'échos, au mieux les éditoriaux. Pour son dernier rendez-vous, le 6 janvier 1995, il avait fait installer dans une partie de la salle des fêtes de l'Élysée les inconfortables petites chaises dorées du Mobilier national, disposées en éventail devant une estrade où un fauteuil garni de coussins l'attendait. Après des semaines de rumeurs folles, François Mitterrand se doutait bien qu'il allait faire l'objet d'une curiosité quasi médicale pour ne pas dire morbide.

Il fut rarement aussi brillant. Pendant deux heures, il fit la démonstration de sa vivacité d'esprit et de sa capacité d'analyse. De sa santé, sujet attendu, il dit : « J'accomplirai mes fonctions autant que les forces me le permettront et je n'ai pas de raisons de penser qu'elles ne me le permettront pas. Je ne veux pas m'étendre sur ma santé mais je suis obligé de vous répondre. C'est un jeu que j'ai ouvert moi-même et tout est public. J'ai dit que tout serait public et tout l'est. »

Les deux dernières phrases ne font-elles pas tomber une bonne fois pour toutes l'accusation portée contre Claude Gubler ? Premier point : Personne d'autre que moi n'est responsable, explique Mitterrand, puisque c'est moi qui ai ouvert le jeu de la transparence. Deuxième point : J'avais promis, j'ai tenu, je tiens et je tiendrai ma promesse. Tout a été, est et sera public. On ne peut être plus clair, ce qui est rare avec lui. Qui peut encore sérieusement parler de violation de secret médical ? Dans l'une de ses toutes dernières déclarations publiques, le président redit que sa santé n'appartient pas à sa vie privée, et libère ainsi ceux dont le rôle est de la protéger en ce domaine, c'est-à-dire ses médecins. Si *Le Grand Secret* était paru du vivant de François Mitterrand – ce qui était la volonté des auteurs –, il est évident que celui-ci n'aurait pas engagé des poursuites contre Claude Gubler sauf à prendre le risque de se contredire.

Évidemment, ce jour-là, le chef de l'État avait une fois de plus triché en affirmant qu'il n'avait « pas de raisons de penser » que ses forces ne lui permettraient pas d'accomplir ses fonctions. Des raisons de douter, il y en avait plus d'une. À cette époque, il suivait une radiothérapie et s'était mis entre les mains de Philippe de Kuyper. Il se lançait dans la médecine parallèle, sa dernière chance, pensait-il. Il n'était plus dans une phase curative mais dans le palliatif, ce qui limitait l'horizon. Gubler et Steg avaient été éliminés et leurs successeurs continuaient à se chamailler à son chevet. À la suite d'un article louangeur sur le rôle de Jean-Pierre Tarot, il avait été amené à faire une mise au point. C'est l'unique fois en quatorze ans où Mitterrand exigea un rectificatif dans un organe de presse. Dans ce texte d'avril 1995, destiné aux initiés, il saluait les « qualités professionnelles et humaines » de Tarot, rappelait « les mérites du docteur Gubler », mais surtout soulignait que le journal (*Paris Match*) avait été injuste avec Philippe de Kuyper auquel il exprimait toute sa reconnaissance. L'explication se trouvait dans la colère de

Kuyper vexé de voir son rival Tarot glorifié par un puissant média. L'homéopathe avait menacé de partir si le président n'intervenait pas. On a peine à croire que le chef de l'État ait accepté d'écrire ce qui n'était rien d'autre qu'une lettre d'excuse. En d'autres temps, Mitterrand aurait ignoré une telle exigence mais il n'était plus le même homme. N'oublions pas ce qu'écrivait Tarot quelques mois auparavant : la dérive médicale était préjudiciable à la fois au malade et à sa fonction.

La question jamais posée directement mais implicite dans divers commentaires ou témoignages était : François Mitterrand aurait-il dû démissionner après sa première opération ou, *a fortiori*, après la seconde ? Il est admis qu'il n'a jamais envisagé sérieusement de se résoudre à cette brutale décision. Encore que la prudence s'impose : en 1990 il a failli partir et à l'exception de Gubler et de Charasse personne n'en a rien su, il ne faut pas l'oublier. En 1992, il a consulté beaucoup Robert Badinter, président du Conseil constitutionnel, en vue d'un dépoussiérage de la Constitution. Un Comité consultatif pour la révision de la Constitution fut même créé à cet effet à la fin de la même année. Ces délibérations avaient donné l'idée au président de déterrer une promesse électorale oubliée – la 47e des 110 propositions – celle du quinquennat. La conjoncture ne se prêtait-elle pas à faire resurgir ce serpent de mer qui traîne dans nos palais nationaux depuis une vingtaine d'années ? Si les Français approuvaient la proposition de réduire le mandat présidentiel à cinq ans, François Mitterrand aurait la possibilité, non obligatoire, de s'auto-appliquer la nouvelle loi, donc de quitter le pouvoir en 1993. Ainsi sortirait-il par le haut pour un apparent motif politique alors que son état de santé serait la seule et réelle explication. Autrement dit, la Constitution serait modifiée pour des raisons de convenances personnelles. Mais le calendrier électoral ne favorisait pas un tel dessein. Avec le référendum sur Maastricht en septembre 1992 et les législatives de mars 1993, impossible de caser le quinquennat, il était trop tard. Quoi qu'il en soit, il est fort vraisemblable que Mitterrand n'avait pas eu réellement l'intention de s'en aller, même sous cette forme, mais il avait voulu s'ouvrir une issue de secours, pressentant un avenir périlleux. L'échec de la gauche aux législatives et la cohabitation qui en découla lui redonnèrent goût au combat. Sur ses « armoiries » figuraient le chêne (la force) et l'olivier (la longévité). Il avait perdu la première, il gagnerait avec la deuxième.

Claude Gubler n'a jamais essayé de conduire son patient vers la démission ni comploté avec l'entourage pour déclencher une procédure d'empêchement. Il n'aurait pas été dans son rôle. Il n'a pas agi non plus comme le médecin de Winston Churchill, lord Moran, qui, à l'inverse, cacha volontairement à l'opinion britannique le piteux état de son patient. Dans ses mémoires, le médecin rapporte que Churchill lui avait demandé s'il aurait dû se retirer plus tôt. Lord Moran expliquait alors qu'il avait été le seul à le presser de rester au pouvoir « tout en sachant, un an au moins avant qu'il ne prît sa retraite, qu'il n'était guère à la hauteur de sa tâche ». Il lui avait donné ce conseil parce qu'il savait que Churchill aurait été malheureux d'avoir perdu sa raison de vivre. Il avait donc privilégié le confort moral du Premier ministre au détriment de l'intérêt national, une aberration que n'a pas commise Claude Gubler. La faute était d'autant plus grande que lord Moran avait été désigné par le gouvernement britannique pour veiller sur la santé de Churchill au début de la guerre, en 1940. Quand il publia ses mémoires, ses pairs lui reprochèrent d'abord de violer le secret médical, mais il fut ensuite blâmé par l'opinion pour avoir caché la vérité au pays. À la conférence de Yalta qui changea la face du monde, Staline, plein de vigueur, se joua de ses deux interlocuteurs : Churchill diminué par l'âge et les excès, et Roosevelt, infirme et mourant.

Claude Gubler ne voulait pas que ce qu'il avait vécu tombe dans l'oubli. Pendant la campagne présidentielle de 1995, il fit passer un message aux deux candidats du second tour, Jacques Chirac et Lionel Jospin, leur conseillant d'être prudents et de ne pas prendre d'engagement qu'ils ne seraient pas certains de pouvoir tenir. Fort de son expérience, il leur avait suggéré de ne pas tomber dans deux excès : ne rien dire du tout ou au contraire tout dire et devenir la proie des médias qui exigeraient toujours plus d'informations. Il plaidait pour que la fonction présidentielle garde une dimension humaine. Le président n'est pas d'essence divine, il est pareil à chacun de nous. Contrairement à ses juges, Gubler estimait qu'il avait le droit de s'interroger sur les relations de la trilogie médecine-pouvoir-médias dans le but de trouver une formule claire. De nouvelles règles du jeu pouvaient être fixées, mais par qui ? En outre, les limites humaines étant variables selon chaque individu, il est impossible de fixer un cadre général. Quant au problème que pose la dissimulation de la vérité, il n'y a pas de solution toute prête. Les exemples de Georges Pompidou et surtout de François Mitterrand démontrent que rien ne peut remédier au mensonge d'État.

La Constitution comporte une lacune insurmontable. Son article 7 dispose que « l'empêchement » du président de la République ne peut être constaté que par le Conseil constitutionnel « saisi par le gouvernement et statuant à la majorité absolue de ses membres ». Mais ce texte ne prévoit rien dans l'hypothèse où le chef de l'État n'étant plus en mesure d'exercer ses fonctions, le gouvernement s'abstient d'alerter les sages du Palais-Royal. De savants universitaires avancent des solutions utopiques, comme celle qui consisterait à faire régulièrement passer le président devant une sorte de « conseil de révision » composé de plusieurs médecins, ou encore comme le suggère le Pr Guy Vallencien de publier, après examen, des « bulletins de capacité mentale et physique à assurer la charge de l'État ».

Cet urologue, qui participa en 1995 au traitement de François Mitterrand, envisagerait de créer un conseil d'experts qui remettrait un rapport annuel aux présidents du Conseil constitutionnel, de l'Assemblée nationale et du Sénat. Le nom des experts et le contenu du rapport resteraient secrets. Les objections à une telle procédure sont nombreuses. Épaissir le secret ne contribuerait pas à satisfaire la curiosité légitime de l'opinion. En outre, c'est une vision angélique de la vie publique et de ses acteurs. L'utilisation de la maladie du chef de l'État ou des rumeurs sur celle-ci par ses adversaires est une tentation que le cadre juridique proposé ne dissiperait pas. Le seul intérêt d'une solution de ce type résiderait dans l'existence de textes imposant en principe plus d'honnêteté à ceux qu'ils visent et ne laissant pas ainsi les choses ne dépendre que de l'arbitraire. Mais il ne faut pas se faire d'illusions, aucun président n'acceptera de se plier à ces exigences. Il tentera de se défiler, de biaiser, ce que personne ne saura puisque le secret continuera à le protéger.

Toutes ces réflexions étaient celles que faisait Claude Gubler depuis des années. À propos des « faux bulletins » et se plaçant sur le plan strictement médical, Gubler considère que sa faute était vénielle. Il lui importait de savoir si le président était ou non apte à assumer ses fonctions. Gubler estimait, à tort ou à raison, que son devoir était d'évaluer l'aptitude de son patient et qu'entre cette limite extrême et rien, il n'était pas grave de dissimuler un mal passager ou sérieux mais contrôlé. De fin 1981 à l'automne 1994, il a considéré que la frontière par lui tracée n'avait jamais été franchie. Certes, ses bulletins dissimulaient une partie de la réalité mais les conséquences étaient négligeables, les affaires de l'État ne subissaient aucun préjudice, le secret ne nuisait à personne. C'était son raisonnement. Après la deuxième opération, et seulement à ce moment-là, Claude Gubler eut d'abord des doutes et enfin des certitudes sur les capacités présidentielles. En conséquence, il n'a réellement trompé l'opinion qu'avec le dernier bulletin de décembre 1994. En conscience, il jugeait que le président ne méritait plus la délivrance du rituel certificat d'aptitude. Il était prêt à refuser de le faire et cela a failli se produire, car les autres médecins qui gravitaient autour du malade avaient demandé que leur nom figurât au bas du texte. Tarot, Dana le radiologue, Raynal, le radiothérapeute, et Steg l'avaient proposé à Gubler. Seul Philippe de Kuyper s'était abstenu. Mitterrand avait été avisé par son médecin de cette initiative qui aurait dégagé la responsabilité de ce dernier, mais le président avait refusé. Gubler s'inclina, parce que c'était la fin du drame qu'il vivait depuis quatorze ans. Le rideau allait tomber et ce qui allait se passer au cours des cinq derniers mois à venir ne le concernait plus. Il n'a donc contrevenu qu'une seule fois à la règle qu'il s'était fixée.

Une autre pièce attendait Claude Gubler, jouée cette fois devant les tribunaux, révélant les absurdités d'une justice archaïque rendue par les magistrats sensibles à l'air du temps. Ce fut un psychodrame en cinq actes qui débuta alors que la France, plongée dans une ferveur presque religieuse, était encore sous l'émotion provoquée par les obsèques royales du président. *Le Grand Secret* fut accueilli comme un sacrilège qui troublait un étrange et insolite état de grâce.

Premier acte. Le juge des référés, Jacqueline Cochard, présidente du tribunal de grande instance de Paris, décide le 18 janvier 1996 d'interdire la diffusion du livre *Le Grand Secret* paru la veille, satisfaisant ainsi à la demande de Danièle, Gilbert, Jean-Christophe Mitterrand et de Mazarine Pingeot. Les plaignants souhaitaient, outre la violation du secret médical, que soient reconnus des faits attentatoires à l'intimité de la vie privée de François Mitterrand et aux sentiments des proches du président. Une accusation floue s'apparentant à une pétition de principe. Dès le début, les dés sont pipés. Tout ce qui va suivre aura pour base ce premier jugement qui présente trois irrégularités majeures. Le droit au respect de la vie privée n'est pas transmissible. Il appartient aux vivants, pas aux héritiers. Ceux-ci peuvent défendre la mémoire du défunt à la condition qu'elle ait été salie par la relation de faits erronés ou déformés, ce qui n'a pas été démontré, ou qu'eux-mêmes aient subi un préjudice. La deuxième irrégularité concerne les limites de la saisine que le tribunal a dépassées en retenant le délit d'intrusion dans l'intimité de la vie familiale, de l'épouse et des enfants, que ceux-ci n'avaient pas évoqué.

Enfin et surtout, Mme Cochard avait prononcé un verdict radicalement opposé à sa compétence. Le juge du référé est le juge de l'évidence, de l'apparence et de l'urgence. Il n'a pas à connaître le fond de l'affaire. Mme Cochard ne peut pas soutenir le contraire, car en 1991 elle s'en est expliqué dans une affaire un peu similaire. Laurent Fabius avait saisi le tribunal des référés pour demander l'interdiction de rediffusion de propos qualifiés de diffamatoires. Il avait été débouté parce que, disait l'ordonnance, « les propos incriminés ont été déjà très largement diffusés par tous les organes de presse, et que le dommage prétendu se trouve donc réalisé et qu'il appartiendra au juge du fond de l'apprécier, de le réparer dans toute son étendue ». L'auteur de ces lignes est

Mme Cochard elle-même. Mot pour mot, elle aurait pu les reprendre pour *Le Grand Secret* qui avait été lui aussi déjà largement diffusé par toute la presse et qui allait être piraté par Internet. Deux poids, deux mesures ; l'air du temps sans doute.

Deuxième acte. Forts de tous ces arguments, Claude Gubler et Olivier Orban, directeur de Plon, ont fait appel. La première chambre est présidée le 20 février par Mme Myriam Ezratty. Ce magistrat n'est pas n'importe qui. Elle a été directrice de cabinet de Simone Veil au ministère de la Santé après avoir dirigé de 1983 à 1985 l'administration pénitentiaire. À ce poste, elle a eu à prendre des décisions contestées concernant la collecte du sang dans les prisons, ce qui lui valut d'être mise en cause par les avocats des inculpés dans l'affaire dite du sang contaminé. Encore au début de l'année 1997, le Pr Mathé, cancérologue, dénonçait publiquement « l'inconduite » de Mme Ezratty en déplorant qu'elle n'ait jamais été entendue par le tribunal. Claude Gubler n'ignorait rien de tout cela, car à l'inspection générale des Affaires sociales, il avait collaboré au rapport réalisé sur cette triste affaire à la demande du gouvernement. Mme Ezratty, qui est une parente du sénateur socialiste Claude Estier, avait été nommée en 1988 premier président de la cour d'appel, l'un des postes de hauts magistrats dont l'attribution relève des prérogatives du chef de l'État. Les plaignants étaient représentés par Me Georges Kiejman qui, lui aussi, appartient au sérail. Ancien ministre délégué auprès du garde des Sceaux, il était un familier de François Mitterrand. On l'a vu dans tous les lieux de la légende mitterrandienne : Solutré, Latche, rue de Bièvre, Belle-Île. Tout le long des procès, il donnera le sentiment d'être le moteur de l'accusation. Il était visible qu'il en faisait une affaire personnelle. Il fut odieux avec Claude Gubler qu'il décrivit comme un piètre médecin tout juste bon à distribuer des cachets d'aspirine. Sa morgue, sa condescendance étaient indignes de la mémoire de celui dont il se prétendait le gardien. Ces outrances ne l'empêchaient pas, dans les couloirs du Palais de justice, de saluer le médecin d'un sonore et impudent « Bonjour Claude ! ». Il avouera ce jour-là qu'il avait plaidé devant le tribunal des référés sans avoir lu le livre incriminé. Fait notoire : le substitut du procureur général, Mlle Brigitte Gizardin, demanda la levée de l'interdiction, estimant que celle-ci ne se justifiait plus.

La cour d'appel rend son arrêt le 13 mars, confirmant l'ordonnance de référé et maintenant l'interdiction. Il comporte un élément étonnant lorsqu'il dit que les faits révélés sont couverts par le secret médical « auquel le coauteur de ce livre est tenu » alors que je n'avais pas été poursuivi par la famille. Depuis quand un journaliste est-il tenu par le secret médical ? Si cela devait être, il conviendrait d'imposer la même règle aux nombreux confrères de la presse écrite ou audiovisuelle qui ont interviewé Claude Gubler depuis le 17 janvier 1996 et rapporté son témoignage et ses révélations comme je le fis avant eux. Faudrait-il désormais poursuivre aussi les journalistes qui reçoivent des informations d'un juge, d'un avocat, d'un policier, d'un militaire ? Ce serait la négation du journalisme libre. Imposer à la presse le strict respect du secret professionnel des autres conduirait à vider les journaux de leur contenu. La plupart des affaires politiques ou judiciaires qui éclatent au grand jour et permettent à l'opinion de connaître la vérité – sang contaminé, Rainbow-Warrior, écoutes téléphoniques, etc. – ont pour origine une violation parfois volontaire et calculée du secret professionnel. Sans la presse et l'édition, qui révélerait les vices de notre société, les erreurs de ses dirigeants, les fautes et les crimes impunis ? Il y a certes des limites à cette liberté comme il doit y en avoir dans l'application de la loi. Un procès n'efface pas la vérité.

Dans l'intervalle, entre l'audience et l'arrêt de la cour d'appel, la veuve de François Mitterrand avait provoqué à son tour un grand trouble en faisant des déclarations qui auraient dû logiquement clore l'affaire. Au micro de RTL elle jure qu'elle n'a « jamais demandé le retrait du livre ». Dans l'hebdomadaire *Elle*, elle confirme : « Je ne me suis pas battue pour une saisie, encore moins pour une censure. » À TF1 elle récidive au cours d'une émission littéraire, face à Patrick Poivre d'Arvor, où elle est venue faire la promotion de son propre ouvrage *En toutes libertés...* Pour rattraper son cafouillage, Danièle Mitterrand écrit à la Cour pour expliquer que si ses déclarations « ont pu laisser croire qu'elle n'avait pas souhaité l'interdiction du livre litigieux, telle n'était pas son intention ». De qui se moque-t-on ? On peut invoquer l'improvisation ou l'à-peu-près du direct à la radio ou à la télévision pour plaider que l'on s'est mal exprimé ou que l'on vous a mal compris, mais dans la presse écrite l'argument ne tient pas surtout lorsqu'on a relu le texte avant parution, ce qui fut le cas avec l'interview dans *Elle*. Non seulement la cour a ignoré ces palinodies, mais le seul reproche que fit sa présidente s'adressa à l'avocat de Claude Gubler, Me Bernard Cahen, au prétexte qu'il avait prévenu la presse avant elle de sa demande de réouverture des débats. Enfin, Mme Ezratty a donné un mois de réflexion aux plaignants pour dire s'ils demandaient un jugement sur le fond ; sinon la sanction devenait caduque et *Le Grand Secret* pouvait reparaître. C'est évidemment ce qu'ils firent, et le plus tard possible, sachant que le temps qui passait tuait à petit feu le livre dérangeant.

Troisième acte : 17e chambre correctionnelle, 14 juin. Procès au pénal. Le sort de l'ouvrage litigieux n'est pas en cause. La 17e chambre est une arène judiciaire réputée. On y juge souvent les délits de presse et d'opinion. Des vedettes de l'édition, du journalisme et de la politique y défilent. On s'attendait à y trouver un niveau intellectuel relevé. Ce fut à la mise à mort de Claude Gubler que l'on assista. Le président qui avançait sous les airs de la plus exquise courtoisie a tourmenté le médecin pendant deux heures. D'entrée ce dernier avait été déstabilisé par une manœuvre qui avorta mais qui en disait long sur la démarche de l'accusation. N'avait-il pas exercé la médecine illégalement ? Était-il exact que ne payant plus ses cotisations au conseil de l'ordre, il avait été rayé du tableau de celui-ci ? Abasourdi, le médecin s'en était expliqué : il n'exerçait plus, sauf auprès du chef de l'État, depuis qu'il était devenu, en 1986, inspecteur général à l'IGAS, voilà tout.

Des témoins talentueux – écrivains, éditeurs, journalistes – ont déposé en faveur de la liberté d'expression et du droit de savoir et tenté d'élever le débat. Entre les dépositions de Jean-François Revel, d'André Glucksmann ou celle de Jérôme Lindon et le réquisitoire du substitut du procureur, il y avait un abîme. Ils étaient venus défendre certains idéaux, alors que l'accusation résumait l'affaire à ce constat qui se voulait injurieux : Gubler n'était qu'un domestique qui s'était vengé de son renvoi en racontant des ragots malodorants ; quant aux complices, l'éditeur et le coauteur, ils n'avaient agi que par mercantilisme.

Au soir du deuxième jour du procès, coup de théâtre ! Le président envisageait de requalifier le délit des « complices » en « recel de secret médical » ! Conscient de la fragilité de ses arguments, le tribunal feintait pour reprendre l'avantage. À quelques minutes de la fin du match, l'arbitre envisageait de changer la règle du jeu. C'était scandaleux mais légal. Une juridiction a le droit de modifier la qualification initiale s'il s'avère que celle-ci est inadéquate. L'erreur du Parquet ne profite pas à l'accusé. Les avocats de la défense – P. Lombard, J.-D. Belot, B. Cahen, F. Szpiner, J.-C. Zilberstein – ont protesté et refusé d'avaliser cette contorsion juridique en déposant les conclusions que le président leur suggérait de rédiger. Pendant qu'ils plaidaient, on vit l'un des juges assesseurs piocher fébrilement dans le code pénal à la recherche d'un article qui balaierait leurs objections. Le magistrat semblait furieux de ne pas trouver un motif plus solide pour repartir de zéro.

On était, comme l'a écrit *Le Monde*, dans « l'ambiance électrique des procès historiques ». Le verdict lui aussi sera historique : quatre mois de prison avec sursis pour Claude Gubler, 60 000 F d'amendes pour l'éditeur, 30 000 F pour le coauteur. Le tribunal correctionnel avait ignoré tous les arguments des prévenus. Cependant, en estimant qu'il n'avait pas été motivé par des « considérations méprisables » et que son comportement « semble avoir plutôt procédé d'un mouvement de désarroi inspiré par le sentiment d'abandon d'un homme blessé par la fin d'une relation passionnément vécue », les juges avaient fait une concession à Gubler. Il était coupable mais pas méprisable. Le professeur Adolphe Steg, dans son témoignage, s'était exclamé : « Si crime il y a, c'est un crime passionnel. » C'est tout ce que les magistrats avaient retenu des débats.

Quatrième acte. *Le Grand Secret* est enfin devant le juge du fond. La première chambre civile siège le 11 septembre, soit presque huit mois après l'ouverture de la procédure. Malheureusement tout avait été déjà dit. Les avocats de la défense étaient las de répéter que le président de la République n'est pas juridiquement un citoyen comme les autres, que si Gubler avait trahi quelque chose ce n'était pas le secret médical dont Mitterrand l'avait délié mais un secret d'État, que l'on ne peut pas dans un tel contexte pousser le respect du secret médical jusqu'à l'absurde et en avoir une conception fétichiste, que la scandaleuse censure à perpétuité était impensable. Pierre Dillange, substitut du procureur, était aussi de cet avis puisqu'il s'opposa dans son réquisitoire au maintien de l'interdiction parce que « le secret qui méritait d'être protégé n'existait plus ». C'était la deuxième fois que le ministère public réclamait cette mesure et pour la deuxième fois il échoua. Le tribunal civil s'en tenait à la stricte observance de la loi : le livre resterait en enfer et Claude Gubler et Plon verseraient 340 000 F de dommages et intérêts à la veuve et aux enfants de François Mitterrand qui ne daignèrent jamais se présenter et s'expliquer aux audiences publiques.

Cinquième et dernier acte. La cour d'appel est saisie de l'affaire pour la seconde fois, le 23 avril 1997. Comment trouver des arguments et des accents nouveaux ? La défense, s'appuyant sur les raisons déjà invoquées de l'irrecevabilité de la plainte, démontre que Claude Gubler a été reconnu coupable moralement avant même d'être jugé et que pour le punir et faire interdire son livre, il avait fallu trouver une adéquation juridique à cette culpabilité de principe. Conclusion : le droit avait été trahi et la cour d'appel était mise au défi de soutenir le contraire. Quant à l'accusation, encore une fois, elle a estimé que l'interdiction n'était plus justifiée. Mieux encore, le substitut du procureur, Mme Brigitte Gizardin, a considéré qu'elle constituait une atteinte à la liberté d'expression ! L'audience s'est achevée sur une provocation de Me Kiejman qui, contrairement aux usages, a repris la parole pour commenter le réquisitoire, le qualifiant de « cocasse » et l'expliquant ainsi : le ministère public émanant d'un gouvernement de droite ne pouvait qu'être indulgent à l'égard d'un livre mettant en cause François Mitterrand... Ce dernier trait résume l'idée que son auteur se fait de la justice. Et quand on sait qu'il a été ministre délégué auprès du garde des Sceaux !...

Le rideau tombe le 27 mai 1997. La Cour confirme le premier jugement. *Le Grand Secret* est interdit définitivement, à perpétuité.

Telle a été l'aventure de Claude Gubler. Il n'a jamais retrouvé la paix de l'esprit comme ceux qui s'estiment incompris et victimes d'une grave injustice. Il a conservé ses fonctions d'inspecteur général aux Affaires sociales et de président de la Commission de la Nomenclature. Ses supérieurs et son ministre de tutelle lui ont gardé leur confiance. Deux de ses accusateurs, Gilbert et Mazarine, siègent à la direction de l'Institut François-Mitterrand sans paraître voir la contradiction entre leur participation à cet organisme dont le but officiel est de contribuer à la connaissance de l'histoire contemporaine et leur volonté de censurer celui qui apportait un témoignage irremplaçable sur le règne de leur propre père. Ce livre servira à ce que rien de ce qui s'est passé ne soit oublié.

BIBLIOGRAPHIE

La Décennie Mitterrand, de Pierre Favier et Michel Martin-Roland (Seuil).

L'Année des adieux, de Laure Adler (Flammarion).

Mitterrand de A à Z, d'Aymar du Chatenet et Bertrand Coq (Albin Michel).

Ces malades qui nous gouvernent, de Pierre Accoce et Pierre Rentchnick (Stock).

Deux ans à Matignon, d'Édouard Balladur (Plon).

Verbatim I, II et III, de Jacques Attali (Fayard).

Une jeunesse française, de Pierre Péan (Fayard).

Les Blessures de la vérité, de Laurent Fabius (Flammarion).

La Mort intime, de Marie de Hennezel (Robert Laffont).

Le Dernier Mitterrand, de Georges-Marc Benamou (Plon).

55, Faubourg Saint-Honoré, de Michel Charasse (Grasset).

Le Secret du docteur Gubler

Le Vieil Homme et la Mort, de Franz-Olivier Giesbert (Gallimard).

Le Pouvoir et la Vie, de Valéry Giscard d'Estaing, (Compagnie 12).

Mémoire d'un vieux parapluie, de Mangin (Éd. de Fallois).

Guerres secrètes à l'Élysée, de Paul Barril (Albin Michel).

CET OUVRAGE A ÉTÉ REPRODUIT
ET ACHEVÉ D'IMPRIMER SUR ROTO-PAGE
PAR L'IMPRIMERIE FLOCH À MAYENNE
EN JUIN 1997

Éditions du Rocher
28, rue Comte-Félix-Gastaldi
Monaco

Dépôt légal : juin 1997.
N° d'édition : CNE section commerce et industrie
Monaco : 19023.
N° d'impression : 41605.

Imprimé en France